吴克群 / 肖宇杭 / 螺 旋 ———————— 著

序 壹

Preface 01

在提笔写这篇序言之前,我脑子里突然浮现出一件有点荒谬,但对我影响非常深远的事情:我人生中第一次产生"科幻"意识,是当我得知,如果我妈妈不嫁给我爸爸,那她生下的小孩,绝对不会是我的时候。

那时,我年纪太小,只觉得这个世界上男人太多了,我妈妈可以生但没去生的孩子,简直是数以万计!

我不死心,向我妈妈发出了疑问:有没有可能,当初她就算嫁给其他人,生下的也是我?只是爸爸换了,所以长相不一样,她没认出来?

我妈妈真的是一个非常好的母亲,极具耐心,也从不糊弄小孩。我永远都记得，她委婉但真诚的回答。她说如果时间倒退，即使她只和我爸结婚，她也无法保证生下的小孩就会是我，而且可能连性别都不一样。如果时间不停倒退，她甚至都无法保证，能生出同一个孩子两次！虽然她爱我，但如果她当时生下的不是我，那么从根上，她就不会知道我的存在。

我不是唯一，我只是数以万计的可能性之一，极其幸运，但也极其脆弱。"差一点就不存在了""无论如何都想做父母的孩子"，这种现实与执念的冲突，让那时候的我，产生了人生中第一个模糊的科幻意识：无论外表怎么变化，哪怕性别都不同了，只要大脑里的我还在，那我就还是我！

长大后，我积累了一定的科幻故事，看了蝴蝶效应、缸中之脑、意识上传、梦境入侵、AI生命、基因改造等，便明白，小时候那个"只要大脑里的我还在，那我就还是我"这个模糊的想法，其实就是科幻故事中关于自我意识伦理的探讨。

而这，就是我最喜欢科幻的点。

它以现实科学作为依据，将我们渴望过、恐慌过、想象过，但看不到也没太琢磨明白的虚空疑虑，塑造成了具象的绝望与困境，然后我们才能去战胜它，继而得到它。

当克群哥跟我聊《银河里拥抱》这张专辑，以及创作专辑同名小说时，我们聊了很多在现实中真实发生过的悲痛经历：生死，爱别离，恨，灾难，疾病，甚至还有已知宇宙这么大但我们这辈子可能都无法离开地球的抽象遗憾。

然后我们将那些不可逆转的绝望，通过这本小说，塑造成了全新的、具象的困境。故事的主角是K，但K也可以是你我。而你我，从悲痛的伤者，变成了勇士，就在这一个个的故事里，用曾经彻夜难眠想象过无数次的方式，去打破所有绝望、困境。

最终，获得爱和幸福。

序言写到了末尾，我想到了一个浪漫的事。

虽然未来我们的肉体终将逝去，就像地球上去年干枯的花朵、树叶一样，但我们的意识，通过这本小说，终会在数字端上留下印迹。

换句话说，当我在电脑上敲击这行字的时刻，我们的意识，就正在上传中！

肖宇杭

序 贰

Preface 02

我至今记得读过的第一则科幻故事。人类首艘具有空间折叠能力的飞船启程去往可能有另一个地球的星系，抵达后，船员们却发现蔚蓝的星球上空早有另一艘飞船在此。联络无果，震惊和恐慌之余，船长下令登船。冒险前去的船员进入陌生飞船后感觉处处蹊跷，直到最后霍然发现这其实是他们自己飞船的倒影，一切不过是时空折叠技术导致的镜像罢了。

克群哥第一次和我聊起《银河里拥抱》这张专辑的时候，说起"K星异客"这个名字，我便懂了他的想法。从专辑到小说，一场音乐、文字、幻想、情感合力交织的冒险变得越来越血肉丰满。这个共同创造的世界，我们每个人都赐予了它独特的印记，如今能与更多人分享，不胜荣幸。

我们容易相信一些确定的事情，甚至以为世界会按我们的想法发展，但K知道一切不过是一种幻觉。意义会被消解，价值会被扭曲，规则会被改写，结论会被架空，在这个变幻莫测的世界里，每个人的存在都是一场冒险。比冒险本身更有意思的，是一颗心因此生出的种种境界。对K而言，那比小径分岔的花园、量子力学的波诡云谲更曲折复杂。而对我们而言，那不过是习以为常的生活。

这种对照真的激发了我们许多有意思的讨论，许多作品也是在此过程中诞生的，对创作者而言，这种快乐难以言喻。我相信K存在的这个纷繁散乱的世界并未因为作品的集结或专辑的发行而终结，它给每个愿意进入其中的人留了位置。

虽然现实常常不在我们的掌控之中，想改变什么更是艰难，但我想，幻想就是我们一直没有放弃这件事的体现。我们每个人心中都住着愚公和夸父，在这个世界没有开花的种子，在另一个世界花开遍野。而见过那片动人的花海，我们就有希望让它也盛放到这个世界来。

比起看到了什么，如何看待更为关键，而幻想就是我们在这件事上最有力的工具。更进一步地，幻想完全可以是看到了什么和如何看待的总和。开头讲的那则科幻故事中，一开始看起来诡异的飞船，无疑可以理解为心对外界的投射。我们见到了自我心灵的幻影，但总觉得那是陌生而可畏的，直到向外摸索了好久，才发现那只是对自我的一场探求。

如此看来，世界一切的冒险不过是心的冒险，正如佩索阿的诗所言，"我的心略大于整个宇宙"。

螺旋

FALL IN GALAXY
银河里拥抱

目录 ———————————————————— Contents

Chapter^One 夸父追日 001 / Chapter^Two 阿尔茨海默 027 /
Chapter^Three 弗洛伊德 047 / Chapter^Four 夕阳宁静海 083 /
Chapter^Five 跳完这支舞再走 101 / Chapter^Six 国王密室 117 /
Chapter^Seven 抽象 141 / Chapter^Eight 斯德哥尔摩 161 /
Chapter^Nine 奇异博士 189 / Chapter^Ten 银河里拥抱 215 /
Chapter^Finally K 的自述 239

FALL IN
GALAXY

Chapter

One

夸父追日

若此生 我 追不到太阳
试着将天空 拽近一些

明明就追不到太阳,
还要继续奔跑吗?
记得追日不是目的,
奔跑才是意义。

壹

Season 01

那场天地巨变早已过去了很多年,被拦腰撞断的不周山上长满了花草。没有人知道,山上就是共工氏一族的坟墓;更没人知道,那个身长数丈的夸父族,如今只剩下一个守墓人。

大家叫他夸父,其实这是他们的族名,因为只剩他一个,所以也没人在意究竟他叫夸父还是他的宗族叫夸父。山下人没有他活得长,都不晓得这个大个子的曾祖父共工曾经造成天崩地裂的后果,最后不得不哀求女娲出来收拾残局,他们甚至为此被禁止踏出不周山。

如今的世间，只剩下他一个巨人了。

但又有谁在意呢？

"大蛮荒时代已过，现在不是巨人的时代了。"这是山下村落的老人说的。小孩的话更加直白："你长这么大个子，究竟有什么用呢？"

有什么用？他也不知道。他现在虽说是在守墓，但那些墓葬早已和花草树木融为一体了。很久以来，他就不知道自己还能干什么了。

  K坐在双层公交车上看着玻璃窗外的斑驳树影。长得较低的树枝，在公交车经过的时候会碰到车顶，哗啦啦地打得不可开交。双层公交线路一般都是环线，无所谓起点或终点，如果愿意，可以一圈一圈地坐下去，直到公交车停运。这是K在这个城市最喜欢的日常活动，当他坐在二层往下看的时候，路上来来往往的人形态各异，却又有着同样模糊的面貌，让他既好奇又看不明白。

  他掏出手机——当然不是手机，只是一种掩人耳目的手段，毕竟现代社会，没有这个方形机器的人类反而像异类。K点开屏幕上的一个绿色图标，一条讯息悬浮在空气中："K，你一直逗留在尘土星球，目的是什么？想证明什么？"

K也不知道。碳基生物，他已经研究得差不多了，但人类这个物种，他却一直看不透。一想到回去，他就会涌出人类有的那种不甘心的情绪。报站的声音从一层传来，他收起讯息下了车。

于新荣身穿外卖员的工服，从狭小的出租屋走出来。室友们也已经醒了，好几个人挤在简陋的洗手间里洗漱，见他出门都对他打了个招呼，于新荣向他们扬了扬手里的头盔就匆匆忙忙地下楼了。

今天是月末，要赶上第一名就得抓紧，不仅要赶上，还要保持每单准时抵达的纪录。这样除了能拿到三百块钱的第一名奖金，还能额外拿到两百块的优秀奖金，加起来就是五百块，儿子下个月的补习费就挣出来了，估计还能剩一百给老婆买一双新鞋。因为要攒下工资来存买房的首付，所以老婆的鞋子穿了好几年也不舍得换。

于新荣戴上头盔，推出赖以生存的电动车，嗖地一下就骑了出去。

贰

Season 02

这年天下大旱,太阳把地上的水都晒干了,一时间饿殍遍野,不周山上的生灵都被晒得半死不活。大家都说,世道变啦,再这么晒下去,所有人都活不了啦。

夸父倒是没受什么影响,因为他不吃东西也能扛很长时间。他一边饿着肚子,一边在思考那个困扰了他很多年的问题——"你长这么大个子,究竟有什么用呢?"直到山下震天的哭声惊动了他。得知村民们的遭遇,他抬头看那个在天空中张牙舞爪的太阳,突发奇想:我把太阳摘下来，控制它升起落下，百姓就不怕干旱啦。要知道，夸父有个曾经把不周山撞断造成天崩地裂的曾祖父，所以这个想法是完全可行的。

K用筷子戳着餐盘里的食物，似乎对它们的好奇胜过了食欲。这是他最近最喜欢的一家餐厅，虽然食材一般，味道也一般，但比较小众，想坐多久都可以，不会被催着结账离席，环境也非常整洁干净。

就餐之余，K好奇地观望着出餐口穿着外卖制服低着头的男人。他看起来和其他的外卖员一样，只是他的手上捧着的不是发着光的手机，而是一本书。男人默默地翻页，K通过出餐口玻璃的反光能看到那书上还有图画。

"有点意思。"K想。

后厨把菜倒进外卖盒打包好，喊了两句"餐好了"，但看书的男人毫无反应。K想了想，走了过去。

于新荣盯着书上面的字，看得入神，正捏着页脚准备翻页，肩膀被人拍了一下，抬头就看见K微笑地看着他。

"你等的餐好了。"

于新荣赶紧站起来接过："哦，不好意思啊，谢谢。"

"你看得很入神，是什么有意思的故事吗？"

于新荣听罢，不好意思地扬了扬手里的书。书页泛黄，上面还涂着乱七八糟的铅笔渍。

"是我儿子以前的课外读物而已，"于新荣赶快把书塞进口袋里，"他不用了，我就拿来看看，学习学习。"

"我看到上面还画着巨人……"

"我在看夸父追日的故事……"于新荣话还没说完，手机突然响了起来。这是他给自己设置的闹铃，提醒他马上出发，否则有可能迟到。他关掉闹铃，满脸歉意地看着还在等他继续往下讲的K："不好意思，我得走了。谢谢你。"

"不用客气。你是我见过的唯一一个还在看书的外卖员。"

于新荣笑着点了点头，提起外卖袋，匆忙走了。

一上午，于新荣骑着电动车穿梭在城市的大街小巷，即使再拥挤的小路也不曾放慢速度。看着自己的送餐单量一点点地接近第一名，于新荣的神情轻松了起来。

晚上11点，K推开门来到餐厅，又看见于新荣在等餐的时候聚精会神地读书。

"还在看夸父追日？这么好看？"

"我咋感觉这故事和我以前听的不太一样呢？"

"人不就是喜欢不停地改写旧的故事，赋予它新的含义吗？"

"对,是这么回事。我感觉这个故事比我之前看的好。"

K来了兴致,坐在了于新荣的对面:"我可以看看吗?"

于新荣点点头,把书递给了K。只花了三秒钟,K就将整本书的内容扫描完成,但最吸引他的还是书上那个形容枯槁、拄着大木棍的巨人形象。

"你觉得这个故事好在哪?"K一边快速分析文本内容,一边好奇地问于新荣。

"说不上来,但每次看到他拼命追太阳的时候,我自己心里仿佛也有一股拼劲儿。"

"嗯,我不太能理解夸父,太阳只是一片炎热的荒漠,远没有地球有意思呀。"

"其实目的不是最重要的吧,重要的是,人总要有个奔头,不是吗?"

此时,厨师喊了一声:"餐好了。"

K若有所思地看着于新荣接过打包袋:"送完这一趟,也差不多该下班了吧?"

"嗯,现在我已经是第一了,一会儿就下班!"

叁

Season 03

夸父只带了一根手杖就上路了。他只有一个想法——要快!只有快才能解决百姓们的问题,才能证明他活到现在不是毫无用处的。

他下了山,没想到第一个拦路的不是洪水猛兽,而是村子的里正。里正旁征博引地表示,虽然夸父按祖训不该踏出不周山,但考虑到他是为了百姓福祉,那么至少要拿到官府路条。路条需要当事人父母和邻居的证明,但夸父的父母和邻居叔伯统统都在坟墓里。一时间双方僵在了路上。

僵了没多久,大家都被晒得头晕眼花。村民们自发地给夸父按一百个手印做担保,按到最后印泥不够了,好些人直接咬破了手指头用血代替。夸父就这样拿到了路条。

走着走着,一条青色巨蛇挡路,夸父本想抓了它当晚餐,却又有一条黄色巨蛇出现,游移着不肯离开。他无奈,只好一手抓黄蛇,一手抓青蛇,走到一处密林中才将它们放走。

这个举动触怒了南方的应龙。原来这两条蛇是应龙的外甥兼护卫,夸父擅自带走了它们,导致应龙所在的无间之间没了守卫。但夸父没想过这些,他一心希望在太阳彻底落到虞渊前将它抓住。

于新荣刚要发动电动车,却发现车子前后轮胎都瘪了,地上扔着两个气门芯。他往四周看了一圈,没有发现什么可疑人物,想来是放学路过闲得无聊的小孩干的。他很着急,如果最后一单不能准时送到的话,之前的努力就白费了。想着儿子的补习费,想着要给老婆买的鞋,想着那五百块的奖金,他跑回餐厅。

顾不上客套,于新荣喊道:"老板,你们家有打气筒吗?"

K不知道打气筒是什么,身后的厨师开口了:"有,怎么了?"

"别提了,气门芯被人拔了。"

厨师叹了口气:"我得去后面给你找找,不知道搁哪儿了。"

于新荣马上往后面走去。

"我帮你一起找吧。"

看着站起来要帮忙的K,于新荣感激地点点头。

在于新荣吭哧吭哧给电动车打气的同时,宋丹正打电话,说话的声音有些焦躁。她身后站着一些男男女女,旁边就是北影厂。

"爸,今年……今年我不回去过年了……还有钱,放心吧……真是因为疫情……哎呀,你爱信不信……我说过我不回去当老师……我就想学表演当演员……你怎么知道在这儿没机会?算了,说了你不懂,改天我再打给你……"宋丹挂了断电话。自从影视拍摄重心转移到那个江南小镇,北京群演的机会越来越少,但她不想离开北京,她还想考电影学院的研究生呢,这是她从小到大的梦想,她宋丹可不是那么容易认输的人。

大家都还没接到戏,但宋丹不打算久等了。因为今天是她的生日,她点了外卖,等差不多快送到学校后面的出租屋的时候,就回去小小庆祝一下。

说起外卖,到底什么时候到?

肆

Season 04

应龙带着人马杀到的时候,夸父因为走累了正坐在大路边休息,完全没意识到眼前这伙人和自己有什么关系。他脱下两只鞋子,把赶路跑进去的泥沙磕出来。应龙和其他人看到汹涌的泥沙和石头奔腾而下,眼前瞬间就出现了两座大山。

应龙有点想打退堂鼓。这不怪他人手带得不够,这世间已经好多年没有出现过夸父族了,大家都忘了,当年共工可是撞折过不周山的。

夸父发现应龙一直在盯着自己，这才意识到可能找他有事："你们找我吗？"

应龙一时说不上话来，他的手下以为他自恃身份高贵不屑和夸父对话，就义愤填膺、吵吵闹闹地把罪名说了好几遍，夸父这才明白应龙是来找蛇的。

"那两条蛇，我已经放走了呀。"

原来，那两条巨蛇被夸父放走之后并没有回到无间之间，而是趁机逃脱了应龙的控制，追求自由去了。

应龙也就借坡下驴，不再提寻仇的事了。得知夸父要去虞渊摘太阳，他冷笑一声："如果失败了，你怎么办？"

夸父想起不周山下那些孩子的质疑——"你长这么大个子，究竟有什么用呢？"不，他要证明自己有用，证明他可以让百姓安居乐业、繁衍生息。

"不试试怎么知道成不成呢？退缩的话，哪里还有后来人敢再追逐一次！"

"你这是去送死！"应龙说完狠话就带着手下离开了，只剩下夸父和他的两座鞋底泥山沉默地陪着他。

电话打过来的时候，于新荣正在路上疾驰，铃声淹没在车水马龙声里。直到一个左转拐进两个小区之间的小路时，他才听见手机响。

他小心停好电动车，拿出手机接听。

"喂？……哦，不好意思，我在路上了，马上到。还差……"于新荣点开外卖软件，看到上面显示准时送达的时间，"十五分钟左右……放心吧，肯定给您准时送到！"他挂断电话，嘟囔了一句："这人也太着急了吧。"来不及多抱怨，他赶紧揣好手机，加大马力往前开去。结果刚走出两步，旁边小区突然蹿出一辆电动车，于新荣闪避不及，两车撞到了一起。

车子倒地，于新荣来不及查看自己身上是否有伤，先上前扶起车子，又检查了一下外卖箱，幸好里面的餐没有洒，然后他才检查自己，所幸没有擦伤，衣服也没破损。于新荣检查完一抬头才发现对方居然也是个外卖员，他正在检查自己的外卖箱，可他就没那么好运了，裤脚裂了，脚擦伤了。看着对方的苦瓜脸，于新荣心下了然。

"外卖洒了?"

"唉……"

"重买一份吧。"

"只能如此了。"

"你这个情况,要等交警来吗?"

对方外卖员骑上车子:"算了,都赶时间呢。你说呢?"

于新荣点头,两人各自骑上自己的电动车再次向前飞奔。

一辆黑色轿车停下,北影厂前面的人都冲上前去,包括宋丹。里面坐着一个群头,今天能不能接到活全指望他了。

群头慢悠悠地叼着烟下车,像扫视货物一样把围在身边的人看了一遍,声音里充满着不耐烦:"两个女大学生,三个阿姨,一个老头儿!"

人们你争我抢地表现自己,有的甚至当场表演嘴歪眼斜。宋丹铆足劲儿,终于挤进人群:"您看我怎么样?"

群头看了眼宋丹,神情有些猥琐:"手给我。"

宋丹警觉地伸手过去。群头一下抓住宋丹的手,还顺势用拇指搓了搓。

宋丹大怒,使劲把手抽出来,声音很大:"你想干吗?"

所有人都一齐看向两人,群头恼羞成怒:"你以后别想在这儿混了!"

　　宋丹很快被其他人挤出圈子,眼睁睁地看着群头挑了演员离开。她转身往回走,边走边打开外卖软件拨通骑手的电话:"师傅,我的外卖究竟什么时候能到?"

伍

Season 05

夸父像风一样飞快地往虞渊跑着,追了九天九夜,终于到达了虞渊边缘。可是这里离太阳太近了,夸父感觉全身都快被烤干了,他又累又渴,急需补充水分。

夸父一口气喝干了黄河和渭河,但都不解渴。喝干了两条河的水,河边百姓不干了,他们集结起来,想跟这个喝光他们生命之源的大怪物决一死战。但夸父太渴太累了,根本没注意这些向他复仇的百姓。他想起北方有大泽,绵延上千里,肯定能支撑他摘下太阳。于是他向北跑去,身后跟着一大群想向他复仇的大军。

鞋丢了，脚磨破了，走在路上一步一个血脚印，夸父还在勉力支撑着自己往前走。他想象着前方的大泽和摘下太阳后可能给百姓带来的福泽，以及随之而来的赞誉。从历史上看，他已经是整个夸父族走过最远路途的共工氏了。

于新荣风驰电掣地往前冲，在拐弯处差点儿撞上一个大妈，身后飘来大妈恶毒的咒骂声，就是这样也没能让他停下来。因为被拔气门芯和碰撞的事，他的送餐时间已经不多了，再稍有拖延这单就会超时。

最后一个路口。于新荣加大马力，却在马上压线的时候不得不停了下来——红灯。

这是个大十字路口，等待绿灯的时间格外漫长。

于新荣着急地拿出手机看了又看，直到送达倒计时只剩下一分钟时，他终于按捺不住，决定用平时最不屑的方法。他拨通电话，尽量客气："您好，女士，不好意思，我这边可能要晚几分钟，但平台马上要判我超时了，您看我能先点'确认送达'吗？"

手机那一边的声音很暴躁："不行！你要敢点，我就给你差评，上平台投诉你！"

电话挂断。

于新荣绝望地看着红灯,他不能闯红灯,被抓到起码罚二百块,电动车还会被扣一天一夜,这样一来所有的外卖都别想送了。

红灯,五,四,三,二,一,转绿。

于新荣加大马力,却又只能捏着刹车跟随着一大群人慢慢挪动。终于过了路口,他瞅准一个空隙,灵活扭动车头,冲出重围,绝尘而去。

一路前行来到一个高档小区门口,于新荣快速过了门禁,驶到一栋楼下,取出外卖,冲进电梯,看着数字一个一个地往上蹦。电梯门刚开了一条缝就挤了出去,来到顾客家门外,按响了门铃。

迟了,已经迟了。

防盗门内出现一个妆容精致、衣着时尚的女人,面容冷冷地说:"怎么这么慢啊,我不要了,退单!"

于新荣还没来得及说话,里面的大门已经砰地关上了。

陆

Season 06

夸父最终没能到达目的地,他在半途中轰然倒下,喘出的最后一口气变成云层,然后停止了呼吸。他的手杖插在身边,身体变成了一座高山,血液涌出成为河流,滋养着手杖长出绿叶,最后形成了一片硕果累累的桃林。

尾随而来报仇的百姓大喜,他们在这片丰饶的桃林边生存了下来。他们世代繁衍,生生不息。这些人中最有名的后代,就有"不食周粟"的伯夷、叔齐。

于新荣平静地接受了退单的事实，还有一个单没有送。等送完这单，他就可以下班，回到住处和老婆、儿子视频。虽然没有了全月的"准时达"优秀奖金，但他还是可以告诉儿子，这个月，爸爸是站里骑手接单量第一名。

宋丹躺在只有十平方米的出租屋里，怔怔地看着昏暗的天花板，陷入迷茫。她这么执拗地待在北京，真的是正确的选择吗？原来的初中、高中同学很多都回老家当了老师，现在过着惬意的小康生活。只有她，固执地把自己钉在北京这间小屋里，连装个衣柜的空间都没有。

门外响起敲门声，是她的外卖到了。宋丹起身，边喊着"等一下"边过去开门。

门外是一个礼貌老实的中年男人，一脸歉意："不好意思，遇到堵车晚了几分钟。"

"没关系。"

"那个……您……能麻烦您还是给我个好评吗？"

"师傅，别担心，今天是我生日，不会给你差评的。"

"生日？"

于新荣震惊地看着宋丹拿在手里的外卖。那只是一份便宜的煎饼和两块炸鸡翅。他想了一下："您稍等我一分钟。"

于新荣噔噔跑下楼，又噔噔跑上来，手里提着一份包装高级的外卖。看着宋丹疑惑的神情，他把外卖塞到宋丹手里："不嫌弃的话，您吃这个吧。这是上一个客人退掉的，完全是干净的，我已经付过钱了。您点的那份餐，说实话，不大卫生。"

宋丹愣了一下，赶紧道谢："不嫌弃，谢谢您……呃……我把钱转您吧！"她知道这家餐厅里面的饭菜并不便宜，即使今天是她的生日，她也不舍得点。

"不用不用，这都有点儿凉了。祝您生日快乐！"

于新荣说完就转身走了，宋丹赶紧跑回屋，等她拿着袋子出来的时候，于新荣已经下楼了。

她追下去，叫住他："师傅，这袋桃子您拿着，洗过了的。"

"不用不用。"

"您是第一个祝我生日快乐的人，谢谢您。"宋丹不由分说把袋子塞到了于新荣手里。

于新荣看着袋子里湿漉漉的桃子，害羞得不知所措。

"我们拍张照留念吧。"

宋丹掏出手机举在两人面前，于新荣捧着那袋桃子，对着镜头咧开嘴笑了。

K诧异地看着照片里的桃子，又看看于新荣："她为什么要送你桃子？是以物易物吗？"

于新荣笑了笑："老话说，投桃报李，这个姑娘只是想谢谢我吧。"又像是自言自语："那桃子还挺好吃的！"

"如果只以价值来计算，一袋桃子显然无法和五百元奖金相比。但不知为何，我觉得你似乎比得到了奖金还要开心。"K皱着眉认真地分析着。

"我想通啦，"于新荣拍了拍K的肩膀，"人只管去做，得到的一切都是好的。"

"我昨天在你的书上看到你说的这句话了，是用铅笔写的。"

于新荣不好意思地挠挠头："那是我儿子总结的中心思想。我觉得写得挺好，比我这个当爸的总结得强。"

"你看完了夸父追日的故事？可我昨晚分析了一晚上，依然无法得出合理的结论。夸父为什么要追日？他不是失败了吗？为什么你们还觉得能从中获得鼓励呢？"K依然充满不解。

于新荣被难倒了，他眨巴眨巴眼："不是只有成功的人才值得敬佩吧。夸父虽然没有成功，但他至少为人类做出了一点点贡献，这就够了。这个世界有那么多人，无数的一点点……"

"就将是无限。"K恍然大悟，"现在我有点理解夸父了。"

"餐好了，"厨师探出头来，"又在和客人聊哲学呢？"

"不，他在向我描述某种演化算法，原来夸父的DNA早就写进了人类的基因中，怪不得人类如此相信巨人的传说呢……某种根植于基因的集体潜意识中的进化原型，某种无须处理自适应的演化算法，原来这就是生物进化和人类社会进步的秘密……"

看着K逐渐陷入自言自语，于新荣笑着拿起外卖走了出去。骑车的时候有风吹过，他总能闻到唇齿间留存的桃子香气。

桃子味的阳光。不知何故，他的脑海中冒出了这样的想法，这让他忍不住笑了出来。

FALL IN
GALAXY

Chapter

Two

阿尔茨海默

我们说好的 我会牵着你的手
跳着舞 再再再 再爱一遍

脑海中的记忆被不断擦拭而去，在这场漫长的告别中，只有爱能穿过时间的缝隙，温暖相伴。

FALL IN GALAXY

阿尔茨海默

"为什么那栋楼是用镜子做的?"

"那不是镜子,只是玻璃。"

"玻璃可以看见倒影?"

"可能贴了东西,会反光。"

"那就还是镜子。"

"你说得也有道理。"

"为什么那栋楼是用镜子做的?"

璐璐听到问题又绕了回来，不自觉地笑了，又察觉周围满脸发愁的人正看着自己，就赶快收起了不合时宜的笑容。随后她转身趴在窗台上，看着窗外不远处那栋高楼。外表闪着光的玻璃上，确实可以照出过往的车辆和人群，还有一个在街边演奏吉他的人。

"镜子不好吗？"璐璐问道。

"不是不好，只是太多了，让照镜子的人不知道该往哪看。"

璐璐歪头枕着胳膊靠在窗台上，同时看向一直问问题的爷爷，突然发现他的头上有一绺儿头发翘了起来，不由得开口说道："但你又不喜欢照镜子。"

"你奶奶喜欢。"

璐璐笑了笑，伸手过去捋了那绺儿头发两下。只是那头发过于执着，越看越像一根银白色的天线斜斜地插在爷爷头上。

"爷爷，你头发乱了。"

爷爷毫不在意，依旧看着窗外那一栋闪着光的"镜子楼"，不知道在想什么。

璐璐没有再提头发的事，拿起窗台上的咖啡刚要送到嘴边，爷爷的声音又响起来："喝咖啡对胃不好！"

璐璐停了下来，看了过去："怎么不好？"

"咖啡中有单宁酸，会刺激胃黏膜，引起胃炎、胃溃疡；对食管黏膜也有害，会使括约肌松弛引起反流性食管炎。"

"又是我奶奶说的吗？"

"不是。我本来就知道。"

"我不信。我奶奶才是医生。"

"你奶奶？她稀里糊涂的，才不关心这些。"

璐璐听到这话，笑嘻嘻地对着爷爷故意喝了一大口咖啡。

"你跟你奶奶一样！"

"哪一样啊？"

"遇到回答不出的问题，就逃避。"

"爷爷你还知道'逃避'这个词呢。"璐璐笑了笑，转头看向窗外。一个人穿着人偶服在发传单，一个小孩被吓哭了，然后被一对老夫妻抱在怀里哄着。璐璐放下咖啡杯，拉过爷爷的手："比如呢？逃避什么了？"

"比如镜子的问题，还有喝咖啡。"

"我奶奶那么大年纪还喝咖啡？"璐璐故意表现出很诧异的样子逗爷爷。

也不知道是爷爷没听出璐璐话里的逗趣，还是奶奶真的很时髦，总之爷爷没有否认，还加了几分责备："她不听话的地方太多了，所以今天才要来看病。"

爷爷转过身，在椅子上坐好，璐璐见状也转身坐在爷爷身旁。两人的眼前从高楼街景瞬间变成了白绿拼接的墙壁、零散干枯的小绿植、一道道米色的门，还有愁眉苦脸等在诊室门口的人群。

"我还挺喜欢医院的，虽然让人不舒服。"璐璐说道。

这句调侃的话更像是用来缓解内心的紧张和压抑。其实她早就坐不住了，恨不得立刻跳起来带着爷爷去吃点好吃的，在大街上闲逛，去那栋"镜子楼"前使劲照照，而不是坐在这，等着医生，等着让人不安的诊断结果。

爷爷不理会她的胡说八道，只是眯缝着眼睛，努力盯着墙上的钟表。

"三点十三分。"璐璐替爷爷报出了时间。

爷爷点了点头，看向璐璐："你奶奶进去多久了？怎么还不出来？"

璐璐看着爷爷翘起的头发，又伸出手，细心地帮他梳理着："医生认真，多问问是好事，我们不要着急。"

这话是说给爷爷的，其实也是说给自己的。虽然璐璐心里也很紧张，但她知道自己已经长大了，要做那个率先说出安慰话语的人。

爷爷点了点头，似乎放松了几分，不再盯着诊室的门，而是转头看向走廊另一边。其他家属陆续扶着病人进去了，而剩下的人则规矩地在门外排队。爷爷就这样看着，十几分钟过去了。

"为什么我们不进去陪着你奶奶?"爷爷突然转过头看着璐璐,皱眉问道。

璐璐假装没听到,只是举起咖啡杯透过光看了看。

"这咖啡里的水兑多了,太淡了,没有味道。"

爷爷拿过咖啡杯放在一旁,又歪着头仔细看着璐璐。

璐璐问道:"怎么了?"

爷爷说:"你看着有点不太对劲。"

璐璐摇摇头笑了笑,又拉过爷爷的手:"哪里不对劲?发型吗?我也觉得,剪得太短了。"

"又开始了!"

"什么呀?"

"又开始跟你奶奶一样不好好说话了。"

璐璐笑了出来,有些得意地默认这样的嗔怪。

"我们进去看看你奶奶吧,看看怎么回事。"

璐璐笑着叹气:"爷爷,你还记得我奶奶说过什么吗?要你听话。还记得吗?"

爷爷愣了一下,虽然有些不安,却还是安静了下来,继续盯着面前诊室紧闭的米色的门。

璐璐没有再说什么,只是打量着有一阵没见的爷爷。他头发花白,但并不稀疏;脸上有皱纹,但也不憔悴。与同龄老人相比,很

0 3 3

显年轻。他身体硬朗，精气神也很好，思维也不错。

"爷爷？"

"嗯？"

"你多大年纪来着？"

"比你奶奶大三十岁。"

"啥？不是三岁吗？"

"哦，是三岁。"

璐璐摇摇头，想了一会儿突然又开口："那我奶奶多大岁数来着？"

爷爷没有回答，不知道是没听见，还是不想理这个什么都记不住的"不孝"孙女。

璐璐见爷爷这个样子，也没再追问，转过头看着走廊另一端。另一个诊区里有一对小情侣，男孩一直在安慰女孩，看不准究竟是谁病了、得的什么病、严重不严重。

"为什么今天是你陪着我们过来？"爷爷突然开口问道。

璐璐转过头看向爷爷："我爸妈没有时间。怎么啦，信不过我啊？"

爷爷没有回答，只是撇撇嘴。

璐璐问道："等得确实有点久了。爷爷，你是不是无聊了？我们听会儿歌吧。"

"在这不方便。"爷爷回答得很干脆。

璐璐愣了一下,突然笑了笑。她知道爷爷究竟为什么不方便了,这说起来还跟奶奶有关系。

"爷爷,你以前追我奶奶的时候也这么心急吗?"

爷爷听到了"奶奶",视线从米色的大门处转了转,却始终没找到着落点。

"你奶奶在哪?"

"我是问,你以前追我奶奶的时候也这么心急吗?"

"哦,哦。"爷爷这才反应过来,愣了片刻,似乎是在回忆,"心急,但也没办法,还是跟着她学了一个月的舞蹈。她那时候白天做医生,晚上倒是很文艺,在广场教人跳舞。"

"我记得。你说有一首歌,你听了几百遍,现在一听到就想立刻跳起来。"

璐璐把掏出的耳机又放回包里,继续坐着,但身子渐渐有些歪了,还打了个哈欠。为了来医院,今天起得太早,还有些不太适应。说起来,自己虽然二十多岁了,却是第一次带着家人来看病。这真不是件轻松的事,倒不是说忙前忙后有多累,而是那种紧迫的长大感,那种要在自己家人生病的时候扛起重担的感觉让她很慌。

"坐得直一点,不然对颈椎不好。"爷爷又管教上了。

璐璐努力端坐起来，看着爷爷："不听歌就聊会儿天吧，爷爷。"

"你那个男朋友呢？"

璐璐愣了一下："你可太不会聊天了，爷爷！"

爷孙俩对视了一会儿，都笑了起来。

"又分开了？"

"分了好一阵了。"

"为了点什么？"

"不记得了。"

璐璐不太想回答，又看向那对小情侣，只见他们互相抱了抱，随后笑嘻嘻地拉着手离开了，看来不是大毛病。再转过头，她发现爷爷还是一脸探究地看着自己，这才无奈开口。

"分手是跟闺蜜聊的话题，不适合跟爷爷聊。"

"我和你奶奶也分开过。"爷爷突然说道。

"真的吗？"璐璐非常惊讶，想不到爷爷奶奶这么大年纪的人，在以前那个年代，居然也会有分手一说。

爷爷点点头，又陷入沉默。

璐璐想了想，率先开了口："他要出国，我不想去。"

"很远吗？"

"出国哪有不远的？几千公里呢！坐飞机带转机都要十几个小时。"

爷爷看着璐璐，想了想："那也不算很远，至少想见可以随时见到。"

璐璐勉强笑了笑："那可能就是不够相爱，如果不够相爱，就算在一个城市也会分开。"

爷爷点了点头："是的。"

璐璐有些无奈，爷爷还是老样子，只说实话，没半分委婉，这么看，他会和奶奶闹分手也是有可能的。

"你和我奶奶因为什么闹分手的？"

"你问哪一次？"

璐璐更惊讶了："不止一次？"

爷爷点点头："第一次是……好像是因为我总跟着她，她说如果再看见我，就喊人。"

璐璐笑了出来："你那不叫分手吧，你那是还没追到，纠缠人家。"

爷爷想了想："反正在我心里，见到她的那一刻，我就觉得我们是在一起的。"

"挺吓人的！"璐璐感叹道。

"再有一次，是我要离开，然后你奶奶说，如果我走了，她就立刻嫁给别人！"

"你要走去哪里？"璐璐疑惑地问道。

爷爷犹豫了下:"反正很远,是必须要去,不过最后为了你奶奶,也就没去。"

"幸好没去,不然就没有我爸,也就没我了。"

"那时候你爸爸已经两岁了!"

璐璐表情怪异地看着爷爷,感觉自己似乎从来都不了解他一样。

"爷爷,你那时候是出轨了吗?"

"什么是出轨?"

"就是跟别的女人在一起了?"

爷爷摇摇头,沉默了一会儿。

"哪有什么别的女人,我只是要回自己家。但是我家太远了。不过后来跟你奶奶有了一个新家。"

璐璐想了想,自己确实从来没有听爷爷说过他小时候的事情,但想想其实自己也从来没问过。可能从璐璐有记忆起到现在,爷爷奶奶、爸爸妈妈、璐璐自己,还有一只名叫奥拉的狗,这一切的人和关系都是围绕着自己展开的。

后来,她的身边多了一个男孩,只是最后发现这个男孩围绕的中心不是璐璐,或者说,这个男孩也是另一个中心,有围绕着他的家人。这便是他和璐璐产生距离的原因,无论是物理距离,还是内心距离。

她想到爸妈曾经说过,这叫以自我为中心,是独生子女的通病。

"爷爷,原来我是随了你。"

"什么?"

"在感情里,很自私。"

璐璐的话毫不客气,但她还是握着爷爷的手,这话并不是指责爷爷,似乎带着一种莫名其妙的自傲——因为自己是最像爷爷的人。

爷爷盯着璐璐,好像知道她在想什么:"你更像你奶奶,你跟她年轻的时候几乎长得一模一样。"

"你记得住?那么久的事?"璐璐诧异。

爷爷点点头,又仔细看着璐璐的脸:"只是她的头发更长些,脸更白些,不会像你一样在身上戴那么多金属。"

"那叫首饰,爷爷。"璐璐嬉皮笑脸地看着爷爷,"爷爷,你知道吗?其实大部分的爷爷和孙女之间不是这样说话的。"

"他们怎么说话?"

"多吃好吃的!工作别太累!勤回家看看!不要气你爸妈了!早点找对象啊!早点结婚生孩子啊!"璐璐笑着说道,"他们不说谈恋爱的事,尤其是爷爷奶奶之间恋爱的事。"

爷爷点点头:"可能他们觉得不需要说。"

"为什么？"

"能在一起过几十年，肯定是有爱情的，所以不需要特意说出来。"

璐璐看着爷爷，好奇地追问："爷爷，你说'爱情'这两个字时会不好意思吗？我看很多人都不好意思说，尤其是老年人。"

"你奶奶肯定不愿意听'老年人'这个称呼。"

"我错了，别告诉我奶奶。"

"不会不好意思，说出真事没什么不好意思的。你没说过吗？"

璐璐张了张口，没有回答，逃避一般转头看向别处。她是这样的爷爷奶奶带大的孩子，怎么可能会羞涩于表达爱意。只是，自己已经试过去说出来，但最后还是失去了。

"最后一次分开……"爷爷突然开口，停顿了一会儿。

"什么时候？"璐璐还盯着远处，顺着接了一句。

"前年，十月份的时候。"

璐璐听到这，一瞬间转过头，神色诧异地看着爷爷。爷爷似乎没有察觉，依旧盯着米色的门，吃力地回忆着。她将手放在爷爷的肩膀上安抚着。两人都没有说话，陷入沉默。

璐璐想试图安慰一下，但不知道该怎么说，只能看着医院墙上的信息显示屏，希望能打断眼下的沉默。

"我不记得最后一次为什么分开了……璐璐，你不要学我。"爷爷突然开口。

璐璐问道:"什么?"

"你未必能和我一样遇到像你奶奶这么好、能包容你的人。"爷爷似乎放弃了回忆,转移了话题,"所以你还是得懂事点,别任性。"

璐璐松了口气:"还不都是你们惯的,想改也难了。"语气里不是责备,更像是在撒娇。

"两个人要想在一起长久,都一定要改变的,毕竟任何人都不是天然地为另一个人而存在的。总要做出一些牺牲,那不见得是坏事。我和你奶奶都为对方牺牲了很多,所以才会过到现在。"

"牺牲大多都是自我感动,未必是别人想要的。"璐璐低着头,看着自己鞋尖上粘的一点点泥点。虽然鞋子其他地方都鲜亮好看,但她就是忽视不了这个泥点,也舍不得彻底擦去,因为那会让她忘掉已经去过的地方和发生过的事情。

"你奶奶也有一双一样的鞋。"

"时尚是轮回的。"

"这就是你奶奶的鞋吧。"

"才不是。爷爷,你感觉怎么样?来医院会不会不舒服?"

"不舒服的是你奶奶,你一会儿可以问问她。"爷爷起身,有些犹豫地看向四周。璐璐赶紧跟着起身。

"爷爷,你要去哪?"

"我好像听到有人在叫我！"爷爷有些疑惑。

璐璐仔细听了听，人群微微有些喧闹，透过信息显示屏，她才发觉正在播报爷爷的名字。

"你奶奶呢？"爷爷问道，"是不是她在喊我们？"

爷爷有些焦急地推开了米色的诊室大门，璐璐拿上东西，赶紧跟了进去。

璐璐坐在医生的对面，有些紧张。她时不时回头看向诊室后方，从挂着的帘子缝隙中可以看到护士正在给爷爷测试。

"今天吃过饭了吗？"护士问道。

"吃过了，粥，还有包子。我老伴儿做的。"爷爷礼貌地回答着。

"您老伴儿怎么没来？"护士问道。

"她来了，刚才去见医生了。"爷爷说道。

护士看了一眼璐璐，璐璐轻轻摇摇头。

护士安抚着爷爷，继续问着："家里人对您好不好？今天谁陪您来的？"

"对我还行，我老伴儿陪我来的。我一会儿去找她。"

"那个小姑娘是您什么人？"

"啊……我孙女，没对象。"

医生听到笑了笑，璐璐也尴尬地跟着笑了下，看着护士又给爷爷测了血压。

"不用太紧张，阿尔茨海默病，俗称'老年痴呆'，幸好发现得及时，好好控制就行。"医生安抚着璐璐。

璐璐点了点头，努力地阐述爷爷的病情："他还能记得我、我爸我妈，家里的狗也记得。不会迷路，生活也都可以自理。"璐璐想了想继续说道："只是最近，他总会提起我奶奶，今天也是，他觉得是我们陪着我奶奶来看病。"

医生问道："那你奶奶呢？"

璐璐犹豫了下："我奶奶已经去世了，前年十月份的时候……"

璐璐整理了一遍爷爷的大衣和围巾，在拉着他走出医院的那一瞬间，两个人都感觉到了外面刺骨的寒气。

爷爷似乎还有些恍惚，站在门外，不肯走。

"爷爷？"璐璐试探着问。

爷爷没有说话，一直盯着远处的"镜子楼"。

"要去看看吗？"

"是要去看看，你奶奶最爱照镜子，她在那儿等我们。"

璐璐看着爷爷的头发被风吹得胡乱地飘着，她摘下自己的红色毛线帽，戴在了爷爷头上。

"暖和吗？"

爷爷点点头，有些呆滞，脚步又停下了。璐璐也很有耐心，没有强拉着他，只是一直看着他。

"我想起来，那天早上下了雨，天突然变得很冷。我跟她说，你要多穿点衣服，暖和。但她穿上衣服之后，就说，要离开我了……"

璐璐的表情有些悲伤，她知道爷爷说的是前年十月份，奶奶去世的那一天。爷爷也是从那个时候渐渐患上了阿尔茨海默病。

"你说，她离开这，要去哪啊？"爷爷喃喃自语。

璐璐沉默着，不知道该说些什么。

"璐璐啊，你也要跟那个男孩分开吗？你也要离开吗？"爷爷突然问道，语气空荡荡的。

璐璐犹豫了下，开口说道："爷爷，我好像已经忘了和他在一起时的感觉了。如果真的很爱的话，我应该不会忘记的，对吧？就像你一样，像你记得我奶奶一样吧。"

璐璐伸手摸摸爷爷的后背，爷爷一动不动，没有回答，似乎还在思考。

"爷爷，你想听歌吗？你和我奶奶听得最多的那首。"璐璐拉着爷爷的手，安抚着他，在寒风中慢慢地向"镜子楼"走去，直到走近了那个弹吉他的人，跟他低声细语。很快，一阵熟悉的旋律响了起来。

两人站在如镜子一般的玻璃前，璐璐突然扑哧笑了。

"我的帽子太适合你了。"

爷爷也笑了出来，摸了摸帽檐，随着这首一听就会跳舞的曲子，轻轻挪动起了脚步。

行人诧异地盯着一个老人对着玻璃缓缓跳舞的样子，璐璐感觉这个画面很哀伤，但也很有爱。她看到爷爷对着自己伸出手，于是上前紧紧拉住，随后对着玻璃，伴着音乐一同跳了起来。

玻璃里，一个年轻的人类女孩和一个年轻的K星人，正随着音乐舞蹈……

而这只有为了留在地球而放弃外星人身份，而后感受到衰老，甚至患上阿尔茨海默病的老人才能看到。在他的眼里，无所谓地球人还是外星人，多年前的一切，他爱的女人、被爱的他，此刻都在。他们可以不停地跳舞，不停地跳舞，永远地留在这段音乐里，跳舞……

FALL IN
GALAXY

Chapter Three

弗洛伊德

搂住记忆 却无声坠落
落在谁设的迷宫

痛苦也是幸福的一部分,它们是相生相伴、纠缠不清的。

FAIL IN GALAXY

梦不是没有价值的,不是荒谬的,也不是大部分意识昏睡,只有少部分活动的产物,它完全是有意义的精神现象——事实上,是一种愿望的实现。

——弗洛伊德

壹

Season 01

灯光昏暗，孟柯宇坐在床边盯着手里的白色药片。据说，这药吃下去五分钟内就会昏睡，甚至不记得睡前发生了什么。

K的话在耳边响起："吃完需要马上躺下，以免出现幻觉让自己受伤。"

"什么幻觉？"

"看物体扭曲，听声音忽远忽近，幻听幻视，都有可能。"

孟柯宇吃下药，躺到床上闭上眼，过了一会儿，又睁开，定定地盯着天花板。

"没有扭曲,没有忽远忽近,没有幻听……没有睡意。"

孟柯宇起身走出来,身穿运动套装的李小婉正蹲在电视柜前翻找东西。电视柜边上立着一个黑色行李箱,电视柜上乱七八糟的,没有电视,有一张两人合影,上面写着落款和日期:孟柯宇＆李小婉,二〇一二年冬。

"找什么?"

"记下来的一个东西,怎么不见了?我明明写下来了,奇怪,去哪儿了呢?"

李小婉依旧在柜子里翻找。

孟柯宇走到边上:"把行李箱拿出来干什么?"

"啊,想起来了!"李小婉突然叫了一声,拿过两人的合影,有点粗暴地把相片从相框里扯出来翻到背面。孟柯宇看到照片背面写着三个字,但看不清是什么。

"那是什么?"他上前想看个仔细。

"不行,看了会出大事的!"

李小婉露出害怕的表情,紧张得要把照片撕掉。孟柯宇急忙上前抓她,却被脚下的行李箱绊倒,一下摔到地上……

他猛然惊醒,砰地一下摔在了地上。他大口喘着粗气,额头上全是冷汗。缓了一会儿，他想要撑地站起来，手掌却传来一阵剧痛。水杯碎了，他的右手虎口处插着一片尖利的玻璃碎片，殷红的鲜血从皮肤下汩汩冒出来，和水混在一起。他顾不上止血，起身跑到客厅拿起相框。相框是新换的，和梦里的略有不同，照片上李小婉的笑灿烂如昔。他心里一动，把照片抽出翻过来，背面却是空白一片。

"托梦？"K坐在窗边的扶手椅上端详着照片。

孟柯宇脸上还挂着睡眠不足的疲惫和苍白："对，我以前从没想过这张合照有问题，梦里却偏偏有字。肯定是小婉在托梦，试图告诉我凶手的线索！"

"是不是托梦，需要做实验才知道。"K说。

"实验？"

"对，人在入睡之后，超我会放松警惕，此时潜意识里的存在会悄悄出现，这就是梦。我查阅过一些现代人类心理学家的文章，他们认为此时的潜意识可以接收到残留意识的能量和讯息，也就是民间所说的托梦。不过，这只是几个心理学家提出的假设，现实中并没有准确的科学方法来验证，也没有足够的临床数据支持。"

孟柯宇眼里闪着狂热的光："K，你肯定有办法对吗？我见过你的实验室……"

"什么时候？……"

"小婉刚死那个月，那段时间我因为想她一直无法入睡，精神接近崩溃……我本想来你这儿找能让我一睡不醒的药，却不小心看到你实验室里的东西。"

"……"

"别担心，我没有对任何人说，也不会利用这个要挟你，只是……希望你能帮我。"

"彻底打开潜意识并非不可行，但很危险，你的大脑防御机制会视我们为敌人。而且，这种实验不是一般人可以承受的，如果在潜意识里过于深入，人的大脑最后可能变成一片混沌。"

"我不怕，小婉给我托梦，就是在给我传递线索，我一定要找出杀她的凶手！"

贰

Season 02

回到家后,孟柯宇立刻按照 K 所说的,找来一支铅笔,仔细地在照片背面涂抹。终于,当照片背面被石墨覆盖后,显出三个字的痕迹:文大吉。

诡异的是,在那三个字后面还写着几个数字,但是因为写得太轻了,模模糊糊的,看不大清楚。

孟柯宇对着灯泡翻来覆去看了半天,终于勉强认了出来:3755025。

"什么意思?电话?密码?"孟柯宇一时摸不着头脑。

突然响起的手机声把他的思绪拉了回来。K给他发的信息极为简单：后天。

K的实验室分成好几个区域，他带着孟柯宇来到最里面的小房间，里面有两把相对的椅子和一张办公桌，其中一把椅子旁边立着复杂的检测仪，另一边是挂着两瓶注射液的医药架。K拿来温水和一片安眠药。

"这片药可以帮助你进入睡眠，之后我会利用注射的方式增加药剂让你顺利被催眠，要想进入更深层次的潜意识，药量也会随之增大。"

"怎么判断什么时候进入潜意识？如果我很快找到凶手了呢？"

"你进入深度睡眠之后，我会和你共享梦境，监督你的进展。"K一边说一边替孟柯宇戴上电极帽，"我再提醒你一遍，这是个危险的实验，意识被困住的话，你可能会死。"

孟柯宇想起李小婉的脸，脸上浮现出凄然的神色："只要能找到凶手，什么危险我都可以承受。"

孟柯宇利索地吃下药，在沙发上调整了个舒服的姿势，闭上眼睛。

他站在自家厨房里环顾四周,砂锅正在炉灶上发出咕嘟咕嘟的轻响。他清楚地知道自己在做梦,也知道梦里李小婉一定会出现,甚至知道砂锅里煲着的是她最喜欢的沙参牛尾,里面还加了百叶结。他看着厨房门口,心里充满期待。

客厅里传来声音,孟柯宇走到客厅,正好看见李小婉拉着黑色行李箱往大门口走去。

"小婉!"

李小婉闻声回过头来,看见一脸担忧的孟柯宇,微微一笑。

孟柯宇上前拉住她:"你要去哪儿?"

李小婉脸色平静:"我给我发小刘度送行李啊,都在家里放了多久了!"

"那晚饭怎么办?"

"晚饭?"李小婉露出迷惑的神色,"咱们不是说好今晚7点,在我们第一次约会的餐厅吃饭吗?你还说我们可以好好谈谈。我送完行李就直接过去了呀。"

李小婉此时探身往厨房方向张望了一下:"怎么?你做饭了?不去了?"

"我……我们有这样的约定吗?我不记得了……"

李小婉看着孟柯宇,叹了口气:"你最近怎么老这样,你老实告诉我,上次让你去看病,你是不是根本没去?"

孟柯宇突然抓住李小婉的胳膊："我不是故意要骗你的，小婉，我是不想让你担心。我没什么事……"

"我说的你根本不听，你到底想怎么样啊？"

外面传来几声汽车鸣笛的声音。李小婉轻轻扯开孟柯宇的手，拉着行李箱离开。孟柯宇有些颓然地回到客厅沙发坐下。

实验室里，K听到孟柯宇的喃喃自语，他调整了一下孟柯宇的输液滴速："李小婉怎么了？"

"她走了。"

"你要去追她吗？"

沉睡中的孟柯宇顿了一下，声音变得坚定："先去找到文大吉，小婉已经死了，我一定要找到杀她的凶手！"

K看着睡梦中咬牙切齿的孟柯宇，脸上浮现出好奇的神情，但他没有犹豫，反而迅速地拉过另一个仪器，将一切设置好后，坐在孟柯宇旁边的沙发上，进入他的梦境。

孟柯宇看到K凭空出现坐在自己身边，突然反应过来："刚才我在做梦？"

"是。"

"对，想起来了。"孟柯宇看着K，神情由疑惑转为平静，"我们还有多长时间进入潜意识？"

K看了一眼手表:"按梦境和现实的时间换算,还有五分钟。不过……"

"有什么问题吗?"

"有一位心理学家曾经提到过,人的意识层次分为意识层、前意识层和潜意识层,贸然进入潜意识层,非常危险。为避免出现意外,我们先去前意识层。"

"好。"

"小婉走之前和你说什么了?"

"她说我约她到我们第一次约会的餐厅,说要好好谈一谈。但我无论如何也想不起来这件事。"

"你不好奇你想找她谈什么吗?"

孟柯宇惨淡一笑:"她说什么也都只是我的意识折射,不是真的她。何况她已经死了,我们谈什么重要吗?抓到杀她的人,才算对得起她。"

K提醒孟柯宇:"我们要进入前意识了。"

两人舒服地靠在沙发上,等待着。

实验室里,计时器嘀的一声轻响,更高浓度的镇静剂进入孟柯宇和K的体内。K和孟柯宇同时闭上了眼睛。

叁

Season 03

睁开眼睛,他们发现自己站在一条街道上,高楼参差错落,小商铺鳞次栉比。

有点不同的是,在众多商铺之中,有一座好像迪士尼城堡的建筑,许多人进进出出,好不热闹。

"这是哪里?"

"我们小区附近的商业街……"孟柯宇有些迷茫,"不对,商业街没有肯德基和麦当劳,也没有银行,这个城堡……为什么会有城堡?"

两人走近城堡，发现城堡大门上居然有几个大字。

K抬眼看去，城堡大门上"文大吉服装店"几个字隐约可见。他还没说什么，孟柯宇已经迈步往那边去了，K只好大步跟上他。

"虽然很熟悉，但这里我的确没有来过。"

"前意识是第一层意识和第三层潜意识的交界层，人对很多事物，都介于知道和不知道之间。对不知道的，大脑会从其他地方取素材补足。"

"为什么我在第一层梦境中不知道我在做梦，现在却很清楚？"

"因为，你和我在一起。不过更为重要的是，人类的梦本是意识监控松懈，被潜意识压制的情感、真相或者回忆得以出现在意识层里造成的。梦境越清晰，人就越不会意识到自己在做梦。现在我们是你潜意识层里的外来者，所以清楚。"

孟柯宇没有听进去这一番解释，他停下脚步，定定地看着前面一个地方。K随着他的目光看过去，只见李小婉从街那头走来，径直走进了写着"文大吉服装店"的城堡。过了一会儿，她和一个男人从里面走出来，往他们这边走来。

K连忙扯着孟柯宇躲到一家花店的大盆栽后面，看着李小婉和那个男人有说有笑地经过他们，还听见李小婉管那个男人叫"文教授"。

"他是文大吉？小婉究竟是怎么认识这个人的？"孟柯宇正想追上去，街对面有个人影比他更快。两人定睛一看，赫然就是孟柯宇自己！

孟柯宇有些诧异："难道以前我也认识这个人，只是忘记了？"

K别有深意地看了孟柯宇一眼，没有说话。两人谨慎地跟着前意识里的孟柯宇，此时路上的行人突然多了起来，都往同一个方向走去。K看了一眼，说："前面发生了一些冲突，大脑防御者们前去帮忙了。小心，如果被他们注意到我们是外来者，凶多吉少。"

"先过去看看吧。"

他们加快脚步，走到拐角后，前意识里的李小婉和孟柯宇正在吵架，文大吉却不见了。那个孟柯宇身边聚集的人越来越多，也越来越高大，全在异口同声地讨伐李小婉。反观对面的李小婉，仿佛脆弱的芭比娃娃一样渺小。

此时前意识里的孟柯宇愈发地咄咄逼人，李小婉被逼得无路可退。

孟柯宇实在看不下去了，左右看了看，把超市门口兔子摇摇车的头拔了下来，使劲扔了过去。这一下吸引了所有人的注意，他们集体转身往两人这边冲过来。

K当机立断："快跑！"

两人赶紧跑，穿过大街小巷。跑过的地方，孟柯宇有些熟悉，又有些陌生，他们最后凭着记忆躲进了孟柯宇家楼下的一家药店仓库。

"我们要一直这么躲下去吗？有没有其他办法彻底甩开这些人？"

"现在不行，等进入潜意识层，就可以暂时摆脱危险。"

两人屏息躲在昏暗的仓库里，直到外面的人声逐渐退去，才开始小声讨论。

"你和小婉之前有这么吵过架吗？"

"吵架是肯定的。有一次我们各自都跨到了窗户上，以跳楼逼迫对方给自己道歉。"

"为什么吵那么凶？"

"太久了，哪里还记得，鸡毛蒜皮吧！"

"既然这样，为什么没有分手？"

孟柯宇有些恼怒："我们这么相爱，怎么能分手？"

"人类的爱不应该是一种让人愉悦的东西吗？"

"是快乐和幸福。"

"但吵架吵成那样，感觉并不是很快乐的样子。"

孟柯宇不由失笑，痛苦也是幸福的一部分，它们是相生相伴、纠缠不清的。

K陷入沉思。

"K，我们能回家看看小婉吗？刚和我吵了一架，她肯定很伤心。"

"那只是你的前意识，不是真的她。"

"但我还是不放心。"

"这里的时间逻辑和现实是不一样的，它不是线性运转，而是跟随你的记忆和想法的。即使你现在去了，看到的很大可能也是未来或者过去另一时间段的小婉……"

K还没说完，外面药房进来一个人，居然是文大吉。他脸色阴沉，拿出处方让药店大夫拿两瓶老鼠药，然后什么话也没说就离去了。

"他为什么要买老鼠药？难道他要用这个害死小婉？我要回去看看！"孟柯宇猛地推开仓库门，不管大喊大叫的大夫就跑了出去。

大夫的喊叫声引来了不少防御者，他们本来要去追孟柯宇，却发现了随后冲出来的K。K叫苦不迭，只好往另一个方向跑去。

孟柯宇跟踪着文大吉，一路走进自己熟悉的建筑、熟悉的电梯间。文大吉却没有进电梯，而是谨慎地走了安全通道，避开摄像头。孟柯宇死死盯着文大吉的背影，确认他不会发现自己后，也跟了上去。

相同的楼梯，同样幽暗的拐角，一层又一层，循环往复。

直到安全出口外传来说话声,孟柯宇才停下来。他小心凑到门后,听到李小婉和文大吉模糊的声音,还有轻笑声。他悄悄打开一条门缝,却看到文大吉正抓着李小婉的脖子给她灌药。

孟柯宇愤恨难言,大喝一声冲了出去。

一瞬间,电梯间的情形却变了,变成了一家高雅的餐厅。李小婉穿着他最爱的红裙子站在桌前,有点儿诧异地看着他。

孟柯宇上前抓住李小婉的双臂:"他人呢?"

李小婉一头雾水:"柯宇,你怎么了?你说的是谁?"

"文大吉!小婉,你告诉我,是不是他杀了你?我亲眼看到他杀了你!"

"孟柯宇!"李小婉严厉地制止他,"你说的话我一个字都听不懂!"

孟柯宇有些惊慌地看着眼前严肃的李小婉。

李小婉继续说道:"你还记得是你约我到这儿的吗?你说咱们要好好谈谈。"

眼前的李小婉和那个在太平间平静躺着的李小婉不停地在孟柯宇脑海中交替,巨大的恐慌吞噬了孟柯宇:"不,我只是想和你浪漫一下,但你没有来!因为你已经被文大吉杀了,对不对?小婉,你已经死了,我不能再被脑子里的幻想欺骗了!"

"柯宇!"李小婉叫住他,"你在干什么?"

孟柯宇此刻端着一杯酒,正在往里面拼命地倒入白色粉末状的老鼠药。他的举动吓到了李小婉,她拼命后退,缩在沙发上。

"我在干什么?"孟柯宇竭力要想明白这个问题,眼前却再次模糊。

K设定的进入潜意识的时间到了。

肆

Season 04

"你没事吧?"

一个声音在他耳边响起,孟柯宇睁开眼睛,一个女孩正关切地看着他。

"同学,你没事吧?"

"我没事。"孟柯宇觉得脸上凉凉的,伸手一摸,摸到一手眼泪,他赶紧擦掉,"不好意思啊,我没事。"

四周已经变成了校园,眼前的女孩,是大学时期的李小婉。

"小婉……你不认识我?"

李小婉有些奇怪："你认识我？"

"不，不认识，我认错人了。"孟柯宇意识到这是他大一时候的记忆。

那时候他和李小婉还不认识，是后来通过一个学姐介绍认识的。他对李小婉一见钟情，之后穷追不舍，终于让她答应做自己的女朋友。想到这里，他忽然心里一动："同学，你是去校外的西餐厅吗？"

"你怎么知道？"

"刚才有个学弟托我传话给一个女孩，说他手机没电了，在进门右拐最里面的座位上等你。"

"你怎么知道他说的是我？"

"他说，那个女孩特别漂亮温柔，我一见到就能认出来。"

"是吗？"李小婉有些不好意思，"那谢谢你啦。"她转身要走，却又停下来："同学，别伤心了，一切都会好起来的。"

李小婉走后，孟柯宇立刻跟了上去。果然不出所料，这是他们认识的第一天。孟柯宇站在窗外，看着西餐厅里正努力逗笑李小婉的当年的他，还有认认真真听他讲话的李小婉，感到无比难过。

潜意识里的时间是非线性的，只要孟柯宇愿意，他可以走到任何一个地方开启新的时间点。但他没有着急，而是凭着自己的记忆走遍了和李小婉相处的每一个地方，看着过去的他追求她，两人相爱、定情、毕业后同居，再一起找工作。工作之后，争吵明显变得多了起来，为养宠物，为搬家到哪个区，为许许多多的鸡毛蒜皮，吵到激烈的时候甚至以跳楼互相威胁，最后又重归于好，感情反而越来越牢固，终于到了谈婚论嫁的阶段。

孟柯宇不停地回顾着之前的一切。他不明白，他俩都是再普通不过的人，李小婉为什么会被人杀死。

"你真的不明白吗，还是你不敢面对？"旁边走过的女人突然说了一句话。

孟柯宇震惊地看着那个远去的女人，脸上浮现出痛苦的神情。

深夜，孟柯宇站在楼下，内心很痛苦。因为他已经记起来今晚之后会发生什么。

潜意识里的孟柯宇站在楼下阴影处，目光阴沉地看着驶过来的出租车，里面有一男一女，女孩是李小婉，男孩是她办公室新来的同事。两人下车，说笑着告别，还拥抱了一下。潜意识里的孟柯宇快步向他们走去。

孟柯宇闭上眼睛，不忍心看后面的事。此时他被一个人拉到了阴影处，是K。

"你怎么找到我的？"

"进入你的潜意识后,我和你一直在错过。我只好在这儿'守株待兔',幸好等得不太久。"

"我们走吧。"

"不再看了吗?"

"我不想再一次面对她的死亡,更别说要目睹自己杀了她。"

K沉默了许久:"所以,真相是什么?"

"小婉同事送她回来,我妒火中烧,先是打伤了那个男孩,第二天又跑到她家,当着所有人的面……羞辱她。"

"然后呢?"

"我带你去看。"

迷雾缭绕中,孟柯宇和K站在一座桥前,李小婉伏在桥头,肩头抖动,显然正在哭泣。

"这是哪里?"

"三亚的龙索桥,也是当地有名的情人桥,我带小婉来过,还在桥上绑了同心结。"

闷闷的哭声从李小婉的臂弯传出来,一个人影出现在她身后,正是潜意识里的孟柯宇。李小婉起身擦泪,却看见孟柯宇阴沉着脸站在她面前。她吓了一跳,下意识后退了几步,脸上满是无力和绝望。

"柯宇,我已经和你说得很清楚了,那只是我的同事。我们不是情人,我也没有出轨,我们什么关系都没有。你不要再逼问我了!难道真要把我逼死你才开心吗?"

K的脸色变得有些古怪,他看着旁边一脸平静的孟柯宇,语气里满是不解:"你的意思是……你逼死了小婉?"

"是,我每天无休止地逼问,最后她不堪忍受,吞服了老鼠药自杀了。"

"那照片背后的'文大吉'是怎么回事?"

"文大吉?"

K微笑起来,脸上的神情夹杂着好奇和佩服:"柯宇,我很佩服你,为了不接受现实,你居然能这么欺骗自己。"

孟柯宇警惕地看着K:"你什么意思?"

"我是说,你宁愿欺骗自己因为嫉妒逼死了女朋友,也不愿意接受是你亲手杀了她的事实。"

"你胡说!我那么爱小婉,怎么可能会……会杀掉她?"他冲上来掐住K的脖子,"说,你是不是凶手的同伙?你们合起伙来骗我是不是?"

潜意识里的世界摇摇欲坠,旁边的山石簌簌地掉下来,把情人桥旁边的李小婉和孟柯宇吓跑了。

K被孟柯宇挟住却毫不惊慌:"我问你,我是谁?"

"我的朋友。你在帮我进入潜意识找凶手!"

"我们怎么认识的呢?"

"我们……"孟柯宇语塞了。他不知道和K是怎么认识的,只知道见到K的时候,就认为他是自己的朋友了。

K看看正在崩塌的潜意识世界:"我们先出去吧。"

孟柯宇不动:"不,你不说清楚,我不走!"

K无奈停下。

计时器再次响了起来。

伍

Season 05

孟柯宇一身西装,紧张地坐在西餐厅的沙发上,等待李小婉。

K穿着服务生的制服,端着盘子走过来:"准备好面对真相了吗?"

孟柯宇愕然:"我依然在做梦?"

"抱歉用这种方式揭露你隐藏最深的记忆,否则你会继续在梦境中迷失。"K将一杯粉色的起泡酒放在他的面前,"你该起来了,否则你会和记忆中的自己打个照面。"

孟柯宇慌张起身,和K一起站到旁边垂到地上的窗帘后。这时,穿着一身休闲服喘着粗气的孟柯宇跑了进来。

"看，记忆中的你，没有你想的那么光鲜吧！"

孟柯宇低头看着自己的西装，恍然大悟。

"你的潜意识也会出现变形和改造的情况。许多时候，这种改变会形成某种牢不可破的幻觉，也就是人类心理学家所说的重构性记忆。现在，看看这段记忆的真实版本吧。"K的声音如同催眠的钟表。

孟柯宇看着眼前发生的一切，同时心中也回想起同样的画面，记忆和现实像是同步进行且分毫不差的两部时钟。

气喘吁吁的孟柯宇。老鼠药。粉色起泡酒。

他看着自己将毒药全部溶在了酒里。

打了许多遍电话后，李小婉终于露面了。她看起来十分不情愿。

"你到底想聊什么？"李小婉看着对面的孟柯宇。

"今天的行李箱，其实是你的，对吧？你准备搬到刘度家里？"

"我已经和你说过了，我不想再跟你继续了。你总是这样，完全不听我对你说了什么。柯宇，我们曾有过美好的过去，你不必着急把一切毁掉。这个决定，我想了很久。"

孟柯宇很想问，是不是因为那个男同事，但他没说话。

他笑了："你说的话，我全都听在心里。或许，我只是不甘心，所以要一问再问……"

听到孟柯宇这么说，李小婉有些动容。

"没关系，善始善终。至少，我们的记忆还是珍贵的。"孟柯宇举起眼前的红酒，要和李小婉碰杯。

李小婉抿住嘴唇，端起了粉色起泡酒。

"嗒！"两只脆弱的玻璃杯碰撞时发出的声音，如核弹的冲击波，将窗帘后窥视的孟柯宇击了个粉碎。

K注意到了孟柯宇的反常表现："我们还是暂停吧，你的情绪已经引发了极度不适的生理性反应。"

孟柯宇泪流满面，抬手拦住了K："求你了，小婉死后，我像行尸走肉一样活着，我就是想知道她究竟是怎么死的。就算真相如此残酷，我也要选择面对。"

K没有说话，看着餐桌旁的孟柯宇和李小婉各自干了杯中的酒。

"柯宇，我从不后悔爱过你。但人都会成长的，有时候，分开是对彼此更好的选择。"

孟柯宇看着口中开始喷血的李小婉，流着眼泪疯狂大笑。

K看了一眼身旁，孟柯宇脸色煞白，倒了下去。

世界在旋转。

一阵轻柔的点滴声将孟柯宇唤醒。

他躺在病床上，旁边忙碌的正是K。

"你醒了？3755025？"

"我……我是谁？"孟柯宇看到K的白大褂上挂着"文大吉"的名牌。

"你现在觉得自己是谁？"K柔声问道。

"孟柯宇……我不是孟柯宇吗？"

"很好，你的意识和你的潜意识终于同频了。现在，告诉我，你觉得我是谁？"

"你是……K……一个外星人……"

K摇摇头："看来治疗得还不够彻底。我是负责治疗你的文医生，文大吉。半年前你在餐厅毒杀了女友后精神病发，一直处在所谓的精神病理状态。经诊断，系意识和潜意识对抗扭曲所致，所以我们用最先进的潜意识疗法纠正了你的记忆，让它与意识同频。当然，对于你而言，就像做了几场梦，但这些梦的内容和作用，就是用你大脑能够接受的方式来调整你的潜意识。"

"我……我杀了小婉……"回忆起一切的孟柯宇泪流满面，根本没听进去K的解释，"是我杀了小婉……"

"在梦里，你拒绝承认罪行的意识一层层深入，挖出了隐藏在潜意识深处的那段你最不想面对的记忆。你在寻找凶手的过程中发现了自己就是那个凶手。现在，我判定你的精神已经恢复正常，可以接受警方讯问和将来的起诉了。"

"我杀了小婉……"

"是的。我理解你有许多情绪，也有许多言不由衷，但你还是要接受法律的判定和制裁。我，文大吉医生，宣布病人 3755025 号治疗成功，不再是精神病人。"

K 话音刚落，房间门被打开，几个警察走了进来，盯着孟柯宇。

"抱歉，我为你的故事感到难过。"

这是孟柯宇被带走时，听到 K 说的最后一句话。

陆

Season 06

看着躺在病床上的孟柯宇,K长叹一口气。

李小婉风尘仆仆,拿着一束花和洗干净的花瓶走进病房。

"怎么了,K?我一下飞机就尽快赶来了,他还好吗?"李小婉仔细地将花插在花瓶里。

"成功了。"

"真的?"

K点点头。

李小婉激动地捂住自己的嘴巴,眼泪不由得滚落下来。

"谢谢你，K。"

K看着眼前的女孩，陷入疑惑："你真的不后悔吗？他从此以后，将会忘了你，包括你们的那些过去。"

李小婉深深吸了几口气，平复了下情绪："那也比看着他继续寻死觅活好。K，爱到深处，会想给他自由。"

K陷入了深思。

"陪我走走吧，好吗？"李小婉走到K面前，"我们为这件事都辛苦太久了。"

阳光晴好，K和李小婉走在大街上，商厦林立，店铺繁华。这一切并没有梦境里那么夸张，却有着真实得无可替代的质感。

"再和我说说你的法子，我听着新鲜得很。"

"简而言之，我在他的意识深处利用他已有的人格构建了一个副本。这个副本和本体拥有完全一样的意识，所以我可以利用这个载体进入他的潜意识而不受排斥。我通过一些错位和置换的手法让这个意识副本认为是他杀了你。之后我再回到意识层，将这个副本所重构的记忆带回来。这样，他的意识将会引发极度的痛苦和不适……"

K看着旁边李小婉心疼的表情，停了下来。

"没事，我能承受，你说下去。"

"考虑到这种不适可能会引发精神错乱,我特意将意识的场景变成精神病院,这样,他的意识本体将会对这个意识副本产生极大的敌意,而这种敌意能确保这份意识副本会被送到他的意识监狱,也就是潜意识的最底层。这样一来,他的意识将会把所有和你相关的内容全部雪藏,也就达到了你的目的——让他忘了你。"

李小婉若有所思。

"希望他以后不要再这么极端了。"

"但是在治疗过程中,我发现了一些我也无法解释的谜团。为了不露馅,我用了一些拙劣的手法来掩饰。我想问你,照片后面的'文大吉'和那一串数字,究竟是什么?我在他的记忆中没有找到相应的答案。"

"照片?"李小婉想了下,恍然大悟,"我们的合照?"

"对。"

"哎,之前我们吵架的时候,相框被他摔坏了,我将照片捡了起来。有一次临时要记东西,就拿来垫了一下。'文大吉',是我发小刘度给我推荐的搬家公司。"

"可,那一串密码一样的数字'3755025'是什么意思?"

李小婉扑哧笑了出来:"哦,那个啊,那是我当时查询到的价格,搬家基本费用375元,我有个穿衣镜,加50元,还有个小冰箱,再加25元。"

"仅此而已？"

"仅此而已。"

"不可思议，"K说，"孟柯宇可是顺着这个线索在梦里查了很久呢……"

"他……一向喜欢小题大做。我知道这是他爱我的表现，但我并不想继续接受了……"

两人走着走着，来到一家服装店门口，服装店的招牌是"刘艳霞服装店"。

"这就是他梦里假借过去的服装店，"K对李小婉说，"因为都有人名，他就自动把'文大吉'的名字假借上去了。"

K像个小孩一样跳到刘艳霞服装店旁边的商场门口，看着充气的拱形门，说："这就是那个城堡啊！看来孟柯宇的想象力还是很丰富的。"

"不然也不至于这么极端。"李小婉又陷入神伤中，"有时候，他的想象力就是太丰富了，会把吵架想象成战争，把分手想象成末日。"

"这就是他跳楼的原因吧。"

"哎，我也没想过，这一次他真跳了。我当时只是不想接受他的威胁。"

"可你到底为什么离开他呢？他在梦里到最后也没有想明白。"

李小婉陷入了沉默，但K似乎并不能理解这沉默所代表的含义。

她想了想，还是开了口："因为……不爱了。"

"就这么简单？"

"就这么简单。但对于深爱着的人，或许很难理解吧。"李小婉把手揣到了兜里。

"可以理解。"K点点头，忍不住掏出伪装成手机的仪器快速记录，"人类语言表意的缺陷在于，语言根植于虚构性概念而让人对虚构一事放松警惕……"

李小婉看着K，似乎自言自语地说道："再见了，柯宇。"

她的手握住兜里的同心结。三亚的阳光是那么刺眼，她亲手将它摘掉的时候，被阳光刺得泪流满面。

FALL IN
GALAXY

Chapter

Four

夕阳
宁静海

飞机在夕阳下 画着曲线
坠入宁静的海中

海面上泛起层层波纹,在夕阳的映射下,也渐渐泛红。

夕阳宁静海

IIIIIIII ⏮ ⏸ ⏭

"汪汪!汪汪!"

田静站在一片漫无边际的草坪上,远远地,一只黄色的小狗边跑边叫。

"汪汪!汪汪!"

小狗从远处飞奔过来,一头撞在了她的腿上。

"波点——"田静摸着小狗的脑袋,叫着它的名字。

波点轻轻咬着她的衣袖,向远处拽着,同时发出轻轻的呜呜声。

田静被拖着向前走了几步，波点似乎是觉得她脚步太慢，松开了口，向远处飞奔，同时不断地呼叫着她。

"等我一会儿。"

田静加快了脚步，踩在软绵绵的草丛上往前走。

波点还是那个样子，急躁、活泼地蹿来蹿去，似乎发现了不得了的事情。

"来了，来了。"

田静由走变成跑，速度越来越快，借着背后突然窜出来的风，似乎要飘起来一般。她兴奋地跟着波点，沿着草丛一直跑着……尽头，是一片海。

那里有波点的大发现。

一架飞机在海面上空画出一条漫长却向下坠落的曲线。

"波点，那是我们的飞机！"田静惊喜地抱起波点。

"汪汪！"

"波点！飞机！"

飞机急速地冲向大海。

田静整个身子猛地向前一倾，巨大的惯性撞击让她从昏厥中惊醒。

而周围，已经满是惊呼和尖叫！

田静还没弄清情况，突然手掌一疼。她慌乱地低头看去，是怀里的波点。它正惊恐地咬着自己的手，瑟瑟发抖。宠物包散落在地上，旁边还有滚落的水杯、压卷的杂志和褶皱的衣服。

一个行李箱从天而降，贴着田静的头，咕咚一声砸在旁边。

田静尖叫一声抱紧波点，迷茫又惊恐地透过窗户向外看去——朦胧的云朵遮不住越来越近的海面。

不知道是谁的眼泪甩到了田静脸上。她猛地环顾那些紧紧贴在椅背上、惨态百出的人们。

飞机出事了！

飞机要坠入海里了！

"各位乘客！请务必系好安全带！飞机引擎出现了问题，但是请大家不要惊慌，全机组人员必定会竭尽全力，保护大家！"

随着空姐带着哭腔和颤音的广播传出，氧气面罩也纷纷落下。

"请大家先自行戴好氧气面罩，再帮助身边的人。不要慌张，深呼吸。"

田静先给自己戴上面罩，又将波点塞进外套里，随后快速调整好安全带。因为旁边座位没人，田静又将空置的氧气面罩牢牢地扣在波点脸上。

波点没有丝毫反抗，只是惊恐地发抖，不住地往田静怀里钻。

田静用颤抖的手轻挠它的下巴。其他人大多也都在手忙脚乱地操作着，大人们都是先给孩子戴上面罩才顾自己。

田静后知后觉地想起了妈妈，掏出了手机。只是在这个时候，能不能打开手机？会不会干扰飞机？

田静向窗外看去。

飞机又像是停滞了一般，挂在薄薄的云层上，而后似乎又被什么重物拉着，直线下坠。

下面还是蓝得有些反光的海面。

"没事，一定没事。"

田静一边安抚波点，一边安抚着自己，努力恢复冷静，尽量回避周围绝望的哭泣声和呼喊声。

田静闭上眼，也捂住波点的眼睛，仿佛又站回到那片草坪的尽头，面对着平静的海面。那是她们坐着飞机想去游玩的地方。

"一定没事！别怕！"

飞机的急剧下坠，让波点陷入了昏迷。很快，田静也陷入了昏迷，飞机上其他人也一样。

平静的海面上方，一架飞机穿过薄薄的云层，直直地下坠。

一片绝望的死寂。只有呼呼的风声。

"波点！"田静抱着波点站在沙滩上，望着它的大发现。

"汪汪！"波点叫唤几声，急得直甩尾巴，随后又跳到田静的怀里。

一人、一狗仰着头看着飞机在海面上空不断地下坠，远远地，只能听见若有若无的尖叫声。

"那是我们的飞机。"

"我们不在飞机上。"

"飞机明天出发，然后我们到海边去旅行。"

"汪汪！"

波点不满田静的自言自语，又汪汪叫了起来。

"波点。"

"汪汪！"

"我想爸爸了。"

"汪汪！"

"我想家了！"

"汪汪！"

"妈妈在等我们！"

"汪汪！"

"波点！我们在飞机上吗？"

田静不由自主地哭了起来。海水渐渐咆哮起来，砸在她的脚背上，又溅在脸上。

抬头看去，是飞机，正砸进海里。

砰的一声，巨大沉闷的水声震醒了田静、波点，以及飞机上所有的人。

飞机里的灯光，拼命地闪烁、晃动着，又猛地熄灭。一切都陷入漆黑。

所有人已经忘记了尖叫，周围只有隐隐的吸鼻子的声音。

波点还在发抖，田静把手伸进外套里，不断地安抚着波点，随后又向记忆中左侧的窗户看去。

依旧是一片漆黑，什么都看不见。

这时田静才反应过来，飞机的外面应该和里面一样，是完全没有光的。

天已经黑了吗？飞机现在在哪里？

田静更加努力地、仔细地看着，因为适应了黑暗，此时她突然又能看清了。窗外并不是单一的黑色，而是混浊的蓝绿色，还在不断地涌动着。

"那是什么？"一个孩子问道。

没有人对此有体验。

所以没有人能回答。

令人屏息的蓝绿色就这样自顾自地涌动着，直到最上方露出仅仅持续几秒的白光时，众人才明白，随即大声地尖叫起来：

"飞机落在海里了！"

"我们掉进海里了！"

一瞬间，尖叫声、哭泣声如海浪般汹涌。

田静紧紧抱住波点，眼泪顺着脸颊流了下来，但她却没有意识到自己在哭，只是在想：是不是自己就要死了？

飞机里出现一个个光源，所有人都掏出了手机，不管不顾地求救、告别，或者留下遗言。

"大家不要乱动，听从指挥，我们已经在想办法求救了。"

空姐的声音是喊出来的。想见此时的飞机，已经没有了电源，空姐只能用呐喊来安抚不安的人。

"请大家帮我向后喊一喊，让飞机后面的人可以听到！"

田静犹豫了一下，见周围无人发声，就开口喊了出来："大家不要乱动，听从指挥，乘务人员已经在想办法求救了。请后面的人代为传达一下！"

喊声吓到了波点，田静抱紧了它，听到后面有人配合着继续传达，不由萌生出一种或许还会活下去的念头。

田静抱着飞机可以浮出水面的希望，看着窗外。

蓝绿色的海水里，真的有点点的荧光浮现。

田静努力地看着，感觉那光有些怪异。

因为那不是海面上的日光，而是海的更深处涌上来的荧光。

所有人都注意到了，这种古怪的荧光，从四面八方向飞机靠拢，汇集在一扇扇窗前，隔着玻璃向人们晃动着。

"那是什么？"一个小孩最先发问。

他的妈妈紧紧抱住他，惊恐不已。

田静窗前的荧光不断地游动着，似乎在召唤着她和波点。

"汪汪！"波点叫了起来。

"别叫，波点！"

"汪汪！汪汪！汪汪！"

波点却叫得越来越大声！

那荧光突然退后，又猛地向前，撞击起田静面前的玻璃。与此同时，其他的荧光也开始攻击飞机。尖叫声此起彼伏。大家用手按住玻璃，却抵挡不住攻击。很快，所有的玻璃，无声地碎了。

令人惊讶的是，海水并没有一涌而入，那点点荧光堵住了一个个窗口。田静这才看清，那是一种像鱿鱼一般的生物，会像水母一样发光。

荧光鱼将一只触手轻轻地搭在田静的肩膀上，暖暖的。波点冒出头，荧光鱼的另一只触手又摸向波点的头，波点一点也不害怕，也不再发抖，还伸出舌头舔了下那只触手。荧光鱼却像是吓了一跳一般，猛地缩了回去，不一会儿，又试探着摸了摸波点。

波点是个好孩子，知道自己吓到了荧光鱼，这一次就乖乖地不动了。荧光鱼似乎很高兴。这是田静的推测，因为她看到那股荧光不断地变强，甚至有些刺眼。

不止田静，所有人都看到了，或者说所有人都被这样一只荧光鱼拉扯着。无人敢尖叫，只有那个小孩想叫，却被他妈妈死死地捂住了嘴巴。

小孩不满，狠狠地咬了妈妈的手，妈妈把手缩了回来。小孩放声大哭起来。

哭声感染了所有人，一时间，叫骂声、尖叫声、哭泣声此起彼伏。

荧光鱼们被吓到，一瞬间退去，飞机里又恢复了黑暗，但海水依旧没有涌入。田静看到，荧光鱼并没有走远，依旧闪着亮光，似乎在召唤着自己，像极了波点呼唤她的样子。

"汪汪！"波点对着远处的荧光鱼叫。

"波点！"田静安抚着它。

波点从衣服里钻出来，站在田静的腿上，望着窗外的荧光。

"汪汪！"

田静慢慢用手摸向窗户，鼓起勇气将手伸了出去，窗外真的是海水，但是没有想象中那么冰冷，甚至还有些温暖。这很奇怪，空荡荡的窗框，竟然能阻隔海水涌入。

荧光鱼在波点的呼唤中又慢慢游了回来，它将触手搭在田静的手腕上，似乎要拉她游出去。

田静有些惊慌地回头，看到所有人看向自己的眼神。

那是一种熟悉的眼神。在她父亲的病床前，她曾在其他亲人的眼睛里见过，也曾在镜子中自己的眼睛里见过。

那是一种见到他人即将死亡时会自然产生的充满同情和恐惧的眼神。

这些眼神交汇在田静的身上，似乎他们都认定了，田静就是这个飞机上第一个死去的人。

但触手搭在田静的手腕上，她清楚地感知到那并不冷，是暖的。

田静望向海水，突然就下定了决心，不再惧怕。若是死了，她相信爸爸一定在等着自己。

田静抱着波点，借着荧光鱼的力量，在其他人的惊呼声中，顺着窗户钻出了飞机，游进了这片温暖的、宁静的海里。

一分钟。

两分钟。

三分钟。

四分钟。

五分钟。

……

超过了人类在海里可以存活的时间极限。

更多的荧光鱼游了过来，和田静擦身而过。

飞机上的人早已经聚集于窗口，在一只只荧光鱼的牵引下，逐个从飞机里游出来。荧光鱼像潜水教练一样，引导着人们，向海面游着。

没有人在此刻想起还要呼吸这件事。

海面上的白光越来越近了。

波点早已经跳出田静的怀抱，努力向上游着。不会游泳的田静则被荧光鱼拉着手腕向上游。

"我们要活下来了！"田静这样想着。

哗啦！田静的头，猛地冒出海面。她看到不远处，波点正在跟荧光鱼嬉戏玩闹。其他人也渐渐从水里露出头，荧光鱼或是在海水下面托着他们，或是拉着他们的手，还有一只荧光鱼像人一样抱着那个问"那是什么"的小孩。

突然坠入漫无边际深海的他们居然都活了下来。

接下来该怎么办？

人们期待着荧光鱼能给出答案。

却见它们潜入海里，不一会儿，荧光鱼们便将巨大的飞机托举出来。飞机跟人一样，轻巧地浮在了海面上。机长、空姐从飞机上取下救生艇，乘客们也纷纷取下原本要在海岛上使用的充气船。

很快，海面上就漂浮起五花八门的小船。人们欢呼，流泪，那是绝处逢生的喜悦。

田静和波点，小孩和他的妈妈，以及另外两个男乘客坐在一只巨大的火烈鸟充气船上。

"向东走！"

机长指挥着众人七手八脚地划动着船。船渐渐漂远，荧光鱼似乎还是放心不下，紧紧跟在他们身后。

人们感激地挥手，跟荧光鱼告别。

"那到底是什么鱼啊？"小孩的妈妈自言自语。

"我舔过，那鱼是咸的！"小孩得意地说。

小孩的妈妈吓了一跳，拍了小孩一下："谁让你舔的！"

"我饿了！"小孩并不害怕，想了想又问，"为什么是咸的？"

"海里的东西哪有不咸的？海水就是咸的。"

"像眼泪，像爸爸的眼泪，有一次落在我嘴巴上，我尝过。"

"什么时候？"小孩的妈妈好奇地问道。

"就是那次，你和爸爸吵架，要带着我离家出走。"

"胡说八道！"小孩的妈妈似乎有些不好意思被旁人听到自家

的糗事。

"是真的,爸爸抱着我哭,说如果再也见不到我们,他会很难过。"

小孩的妈妈摸了摸小孩的头,没有说话。

田静听着小孩的念叨,抱住波点。她心领神会,知道小孩的妈妈此刻一定分外想念亲人。

她也是。

"那鱼一定是爸爸的眼泪变的,他来救我们了!妈妈,是不是爸爸在哭?因为他知道飞机掉进海里了。"

小孩的妈妈点点头,随后抱紧了小孩。

"那我们死了吗?"小孩又问道。

"没有,我们都活着,因为爸爸的眼泪,我们都活了。"

"我想爸爸了,想回家。"小孩低落地说着。

波点轻轻用爪子勾了勾小孩的手,小孩也摸了摸波点的头。

田静看着属于自己的那条荧光鱼,不知道为什么,她能清楚地看到那条荧光鱼的眼角有泪水,即使是在海水里。

"看!妈妈!鱼在哭,是爸爸在哭!"小孩说道。

"回家就好了!"田静低声回答。

"对,回家就好了。"

"妈妈，有彩虹！"小孩高兴地惊呼起来！

大家顺着小孩手指的方向望向远方，表情从惊恐渐渐变为喜悦，没有人再说话。大家虽然分外疲惫，却满怀期待，因为他们都望到了远处彩虹下的一个小岛。

小岛上有郁郁葱葱的森林，有错落有致的小屋，还有随风飘散的炊烟。彩虹在海面的映衬下，波光粼粼，像一条闪光的奇异之路，将他们带去那个梦幻小岛。

海岸边，田静的妈妈、小孩的爸爸，还有其他乘客的家属，互相搀扶着，低声哭泣着，祈祷着，望向远方。海面上泛起层层波纹，在夕阳的映射下，也渐渐泛红。

海风吹着他们黑色的衣角，又吹走了海面上一个个纸扎小船，还有一个纸扎小岛，上面有郁郁葱葱的树林，还有一栋栋房子，越来越远，直到消失无踪。

海面波纹之下是始终不肯离去的荧光鱼们，星星点点，恍恍惚惚，像人的眼泪。它们指引着船找到了梦幻岛，自己也落地生根，渐渐长出了叶子，陪伴着飞机上的人们，在这个梦幻岛上开始新的生活。

"波点！"田静抱着波点，像其他休憩的人们一样，躺在沙滩上。

"汪汪！"波点很乖地躺在田静的身上。

"你说妈妈知道飞机的事会哭吗？像爸爸去世的时候那样。"

"汪！"

"你说，那鱼是爸爸吗？"

"汪汪！"

"那鱼是妈妈吗？"

"汪！"

"波点，你幸福吗？"

"波点，想到爸爸妈妈我会很幸福，有你跟我在一起，我也很幸福。"

田静搂着波点，看着天空。

远处，飞机在夕阳下画着曲线，坠入宁静的海中。

FALL IN GALAXY

Chapter

Five

跳完这支舞
再走

能不能跳完这支舞 再走
跳到没有以后的以后

此刻，复杂的情绪又让K陷入无限的共情之中。

他反复思考：该如何离开你不想失去的人？

没有人知道。

FALL IN GALAXY

跳完这支舞再走

ⅠⅠⅠⅠⅠⅠⅠ ⏮ ⏸ ⏭

我听说过,确切来说,是曾经听她说过。

她说同样一瓶沐浴乳在不同人的皮肤上留下的香味会有所不同,差别可能很细微,需要非常好的嗅觉才能闻出。眼前的这瓶沐浴乳,容量 500 毫升,一只手勉强握得过来。透明的瓶子,粉色的液体,已经不记得用了多久,大概是从我搬进来就开始用,现在只剩下勉勉强强盖住瓶底的量。

其实,我恰恰就是那种无法留住香气的人。当然,我鼻子不算灵,这也是她说的。我们以前经常在洗完澡之后互相闻着对方的身体，闻着闻着，便会从皮肤、沐浴乳、香气说到未来，比如会说到去海边旅行时的海水味、骑车路过公园时的草木味、新房子里残留的装修味，还有可能是在婚礼上弥漫的玫瑰香味。

我没有举行过婚礼，也没有近距离地被玫瑰香味包裹的经历，但若想象起来，大概跟用沐浴乳洗澡一样，倒不需要非常仔细地闻，那股浓郁的香味便直接飘散出来。哪怕只剩下那么一点点，它也在努力地用气味证明着自己的香甜美好。

所以，我握着这个瓶子好一会儿，盯着那最后一点粉色液体，想着如果我要离开，是不是应该带走它。但我迟迟未动，因为我既无法下定决心离开，也无法下定决心带走它。

或者，在让自己后悔之前，我应该再洗一个澡，把最后一点沐浴乳用光。就算不用光，也要让更多的香气留在我的身上。虽然我本质上是一个什么都留不住的人。当然这句话不是她说的。事实上，她最后什么也没说。

想到洗澡，又会想到浴巾，想到浴巾，又会想到吹风机，然后又会想到电熨斗、电灯、电池、电饭煲、紫砂煲、冰箱里剩下的汉堡包，还有一箱可乐、几袋薯条、半袋瓜子……这个家里的东西太多。

她说，东西买来的时候，多半不是因为需要，而是因为快乐。

在这一点上，我们曾经有很大的矛盾，大到曾经一度使我们要分开的程度。只是那时候刚在一起，还没有此刻这么多东西需要分割。她觉得快乐等于需要，我觉得不需要才是快乐。香薰蜡烛、一次性擦脸巾、四种不同功效的洗面奶、三把梳子、各种各样花里胡哨的便签……无数我都不知道是什么，但她总说以后会用得上的东西。我一度觉得我并不需要这些东西，我不需要每天想着用什么洗脸，我不需要想着按摩头皮用什么、梳理发梢用什么，我不需要那么多衣服，而且很多都是一样颜色的衣服。但其实我不是真的不需要这些东西，我只是不需要她想要的，不只是东西，可能还有她的想法。

"带你需要的走。"这是她告诉我的。我总想做一个"不需要"的人，但现在却陷入了两难。我想带走那半袋瓜子，在晚上看电影的时候可以吃；我想带走那只梳理发梢的梳子，我也不知道该用来做什么，毕竟我的头发很短；我想带走所有的擦脸巾、可乐，还有那些她说以后会用得上的东西；我甚至想带走她做饭的锅，让她以后只要想吃饭就得来找我。

我发现其实我早就接受了她说的"快乐等于需要"，所以我觉得我需要这一切。以前，没有那么多东西需要分割，更不需要分割感情。而现在，这么多东西还原封不动地环绕在周围，但是感情却比所剩无几的沐浴乳被更早地分割完毕。

我应该带走我需要的一切，但我却始终停留在此刻。似乎所有的一切，没有任何变化。她也没有变化，就在此刻，她还是话很多，叽叽喳喳聊着瓜子的品种，聊着爱情电影的结局，聊着玫瑰和海盐哪个味道更好闻，聊着那根黑色的电线究竟以后可以用来做什么。

"可以用来绑住你！让你不会乱跑！"这是她最后一次讨论关于那根黑色电线的用处。

于是我把那根歪七扭八的电线放进了属于我的空荡荡的纸箱。所有的过去，似乎从这个纸箱开始被填充的时候消失了。虽然那不是我本意，我只是拧巴地、矫情地想要停留在此刻，却意外地，也是必然地让我感受到一种开始离开的感觉。

离开的感觉开始于下午 4 点 08 分，即将结束在 5 点，只有不到一个小时的时间。

我已经不再去想我为什么要离开，因为原因实在太复杂，两个人的事，就算他们自己也未必想得透彻。我只是无法说出口，不是因为羞怯，而是无法总结。

如果可以用沐浴乳来做比喻，那么可能是这样的：它虽然味道很香甜，却不会持久，遇到水就会变淡，遇到风也会变淡，渐渐地，所有的香味都会消失。

消失了，我们就该离开了。

这不能用"换一瓶"或者"换一个"来解决，因为那不是解决问题的根本方法。根本方法，她试图用过，却并没有生效。她说，我们分开，不对，沐浴乳……沐浴乳总会留下一点点，兑上水还会有些香味，只是水越来越多，残留的香味会越来越少。到了最后，你甚至可能自我怀疑，会去探究，从一开始，这里面的成分可能就没有真的玫瑰，只有虚假的玫瑰味添加剂。

"我不想熬到最后，我觉得一切都是假的。"她说。

但我，从来没有被说服。至少此时此刻，还没有。

虽然要离开的时候，这样想并不应该：我们可以一起用光那瓶沐浴乳，再好好闻闻彼此，说些有的没的，不提今天的事。就是好好地停留在此刻，然后将此刻无限地拉长，拉长，直到……

"5点，我会回家。你走的时候，可以把钥匙放在桌子上。"

"哪一天的5点？"

"今天！"

4点25分，此刻，一切又回到了此刻，那种开始离开的感觉又回来了。

我没有问她我可不可以不走，至少今天没有问过。因为之前，这样的对话，我们重复了无数次，我们将所有不能分开又必须分开的话全部讲尽了，直到今天。我们再也没有别的话可以说，有的只是一些交代。

特别残酷，就像一个人经历了所有关于自己生命即将消失的痛苦挣扎之后，再也感受不到生的希望，只有死之前最后几句简单的交代。

"我还是很爱你。"这不是交代。

"我还是很想你。"这不是交代。

"我只需要你！"这不是交代。

"我和你……"这不是交代。

"跳舞吧！"

"什么？"

"一起跳一支舞吧。"

我知道这也不是交代，这只是我脑袋里突然冒出的想法。虽然，我根本就不是一个会跳舞的人，她也不是。

我们所有关于跳舞的话题，是从对婚礼的幻想展开的。我们要在婚礼上跳舞，那么就要去学跳舞。但最后也没有去学，因为还不需要，即使学舞蹈本身很快乐。

可能从某种角度来说，她改变了我，让我渐渐意识到"快乐等于需要"。但我也改变了她,"不需要是不是快乐"也成了她会思考的问题,不需要学习跳舞,也不再需要这样一段趋于习惯的关系。

我打开音响,循环播放着我们听过很多次的歌曲。

而她也打开了门,就站在纸箱旁边看着我,一言不发。

我把纸箱踢到一旁,客厅的中间空出了一大块,再也没有时间去想其他。

"我们跳一支舞吧。"

我看着她,很用力地看着。她穿着一件黑色的连衣裙,裙摆上有褶皱,耳朵上戴着一对银色的耳坠,有几绺儿头发垂在脸上,身上背着一个灰色的包。我看着那只涂着白色指甲油的手把包从纤瘦的肩上拿下。我接过,放进了我的纸箱里。

随后我拉着她的手,很滑,可能是她涂了护手霜的缘故,有种温润的黏腻感。我轻轻地把她搂在怀里,她身上有股淡淡的香味。我们站着不动,她的头发却一直在微微拂动,不断地戳着我的脸。我知道,她在颤抖,我也听得到她压着哭腔的鼻音。

音乐已经进行了一半,但我们还没有动。

"从头开始好不好?"虽然我知道我们的关系已经不可能了,但我想,至少得从这首歌的开头开始跳舞。

我听着她微弱的哭声，感受着她的体温，和她身上淡淡的玫瑰花香味。我摸着她的头发，从发根到发尾。我拉着她的手，抚摸着她的手指和指甲，我很想剥去那点指甲油。

"我们不会跳舞，我们没有机会去学。"她轻轻地说。

我仔细地听着她说的每一个字，没有回答，只是狠狠地抱紧了她，抚摸着她的后背，抚摸着她身上裙子细腻的纹理，脚也尽可能地贴近，直到贴到她的高跟鞋鞋尖。那是一双红色的高跟鞋，半新不旧，左脚的鞋子上沾了一个小小的泥点。

我用力地听着，看着，闻着，抚摸着关于她的一切。再也没有自我陶醉、自我哀伤，我只是想珍惜这最后的时间，去感受，去记住。分手、去留，那些已经被讨论尽的话题，此刻都不再重要。

这一刻，房子里只有她，我甚至不希望我自己存在。不是说我想离开，我只是想记住完全的她，只属于她自己的她，而不是因为我而哭泣、难过、做抉择的她。那样不快乐的样子是我不想看见的。

但是，该如何离开你不想失去的人？

我不知道。

我还站在这儿。

这天下午，我们都还站在这儿。

音乐从头开始，我拉着她的手，僵硬地迈步，她低着头跟着我，尽量不踩到我的脚，我将她的头轻轻按在自己的肩膀上。我们就这样，不看、不想，只是跳舞，又像是两个人抱在一起走路。只是这样走路，注定很艰难。

我们从门口慢慢地走到窗边，外面的天已经有些微微变暗，橘红色的光照在她的身上、头发上、脸上。我们一言不发，就这样跟着音乐，从有光的地方慢慢跳到昏暗处，就这样抱在一起，随着渐渐流逝的音乐跳舞，跳舞，一直跳舞，一直跳舞。

这天下午，我们似乎跳了很久，久到光都消失了，久到我最后筋疲力尽地瘫在沙发上，久到我两手空空才发觉这一切只是梦。

久到再看向时间，却发现只过了十分钟而已。

4点48分，空荡荡的房间里只有我和已经收拾好的箱子，而她没有真的回来。

箱子不满，只装了我的电脑和证件。除了这些，我决定什么都不带走。

来不及，因为时间有限，做什么都来不及了。来不及挽回她，来不及收拾更多的东西，甚至来不及跟她跳一支舞。

4点50分，我把钥匙放在桌子上，关门离开。距离她回来的时间，提早了十分钟，这是我唯一来得及去做的事。我知道，如果我们再见，我会放下箱子，但我们并不会放下无尽的纠结和重复的痛苦。我们可能在未来的某一个下午还是会分开，却未必会是现在这番光景。

"我不想熬到最后，我觉得一切都是假的。"

我默念着这句话，匆匆忙忙地上了车，司机像是一片了然替我下决心一样，逃窜似的快速离开了。大概也只有十几秒钟，我曾经住过的地方就从身后彻底消失了。

我坐在后排，看着外面变化的街景，突然地察觉到，离开其实也可以是进行时，可持续一定的时间，而在这个时间内，人是安全的，情绪是安全的，心里的感受也是安全的。所有离开带来的悲伤都还不会一拥而上，只有胡思乱想会占据整颗心。

我胡思乱想着，把房间里的一切回忆都留下，希望那些回忆能提醒她，我还深爱着她。

我胡思乱想着。

5点10分，她打开门，房间里几乎没有任何变化，好像没有少什么，却多了一种空荡荡的安静感。她脱下红色的高跟鞋，放下灰色的包。说不上是带着什么样的心情，先是查看了最近的厨房，又看了卫生间，收拾得很干净，但没有人。

她又推开了卧室的门，两个枕头并排放在床上，枕过的痕迹清晰可见。衣柜里，他的旧衣服也都在。她很困惑，说不出是气恼还是松口气。但她努力地克制，让自己先不去想会让自己崩溃的事情。

她最后推开的是书房的门。

她觉得光线不好，又打开了灯，然后坐在椅子上，观察着。

她第一次知道，原来家里书房的桌子空着的时候是那么大，大到她甚至可以蜷缩着身子躺在上面睡一觉，只是桌子很硬很冰，不会很舒服。

她就那样僵硬地坐着，始终没有面对她应该面对的事情。空荡的桌子上，有电脑摆放过的痕迹，淡淡的。她轻轻地摸了摸桌子，机械式地擦着，试图擦掉上面的痕迹。但所有存在过的，早已刻在这个房间里，即使不在桌子上，也在她的心里，根本擦不掉。

她没有哭，在刻意晚回的那十分钟里，她预想过自己见到这样的场景会哭。但她没有，她只是很快放弃跟桌子的斗争，脱下衣服，盖住了电脑留下的痕迹，赤着脚走进了卫生间。她没有照镜子，因为照镜子会逼她直视关于她为什么一个人站在这儿的问题。

她只是站在淋浴头下，快速打开水阀，毫无躲藏，也无处可藏，毕竟她是那个被留在旧生活里的人。冷水顺着头发，一直流到脚底，流了好久，才渐渐变成了热水。

直到皮肤被烫得有些发麻，她才闭着眼摸沐浴乳，却摸到上面有张便签贴。

"它并没有虚假的玫瑰味添加剂，是有真的玫瑰。"便签上只有这样一句话。她看了很久，轻轻地撕下，放到了一旁。

她知道那是什么意思，却努力地回避着。因为真的很疲惫，工作很疲惫，回家很疲惫，一切都很疲惫。她只想洗个澡赶紧闭眼入睡，回避这个屋子里跟两个人有关的一切，然后尽快安全地挺过今天。

她挤尽最后一点沐浴乳，报复一般狠狠地擦在身上，又打开了水阀，水顺着她的两边脸颊流了下来……

车转过一个弯，在红灯前停了下来。K透过后视镜，看着后排抱着纸箱子的沉默男人。K什么也没说，只是默默地打开了音响，悲伤的音乐伴着雨声传递过来。

红灯转为绿灯，车渐行渐远，开在了笔直宽阔、无法回头的路上。

该如何离开你不想失去的人?

没有人知道。

离开的那天,他们什么都没做。

FALL IN GALAXY

Chapter

Six

国王密室

没到结局来临之前 不能转站
时而缓慢或短暂

K并不属于这里,虽然他已经放弃返回自己的星球。
但怀着仅有的这一点点对于人类情感的憧憬,尚且无法让他顺利地存活于这个陌生的地球上。

FALL IN GALAXY

壹

Season 01

国王密室

实验名称： 地球行星人类情感分子组合变化与亲密行为的观测实验

初次实验观测者： 来自 K-PAX 星球的 K

地球行星伪装身份： 国王密室酒吧 DJ

地球行星太阳历，2031 年 9 月 14 日 19 点 58 分 43 秒，距离国王密室酒吧正式封锁还有 30343 秒。国王密室内，已进入了 30 例随机被观测者——地球人类。以下描述，皆为观测实验的真实记录。

"在真话的……刺刺……在真话的密室里……刺……刺……真相再深入……刺……"

砰！！！

唱词停了下来，音乐也空了，随着节奏闪烁不定的光也暗了下来。

在混沌的酒吧里，DJ电台是第一个消亡的事物。

消亡的原因，可透过观察到的气味分子得到——十三种酒渍、一种被人类命名为妙妙角的膨化食品碎渣。

经过调试，新的音乐再次被播放出来，其他人依然沉浸在酒精与游戏带来的享乐里，丝毫没有察觉自己正处于被观测中。

在K星人的视觉里，颜色各异的气味分子存在于酒吧的每一处——物品、人、氧气、水，而气味分子之间会在特定条件下重新组合成新分子。如几种混合液体导致DJ电台短路，所有分子重新组合后形成褐色的焦煳味的气味分子。

人类体液的气味分子亦可被观测到。

此时酒吧中共存在30例人类个体，男性18例，女性12例。其中两例为女性服务员，一例为男性调酒师，27例随机客人共分配为7桌（实验称之为7种集合）：1号集合（桌）为5男，2号集合（桌）为3女，3号集合（桌）为2男2女，4号集合（桌）为2男1女，5号集合（桌）为2女，6号集合（桌）为4男，7号集合（桌）为4男2女。

酒吧内仅有的30例人类，携带了80种人类体液气体分子。换言之，在进入酒吧之前，这30人与酒吧外的50人，有过直接或间接足够亲密的接触。此种体液分子的交换需要足够亲密的条件，如接吻、拥抱及摔跤运动等。

随着诱发剂、酒水、妙妙角、冰块的消耗，集合发生了变化。其中，1号集合（桌）邀请2号、5号集合（桌），三者合并为一个5男5女的新集合（桌），称之为A集合（桌）。接下来的时间里，香水与汗水的气味分子交换，耳道内的油腻性分泌物分子与口气分子交换，A集合（桌）率先完成了属于酒吧内的体液气味分子变化。而其他集合（桌）也模仿A集合（桌），进行气味分子的交换变化。

随着实验的进行，集合（桌）再度分裂，1男1女小集合（桌）出现。原本80种体液分子随着被观测对象的集合变化、亲密行为而不断更新着，分子交换所产生的新种类的气味和体液分子数量也相应剧增。

观测数据表明，当晚酒吧30例人类个体中，20例有过汗液分子交换，10例有过口腔液体分子交换。据此做出以下行为判断：20例有过拥抱亲密接触，10例有过接吻亲密接触，无一例摔跤运动亲密接触。具体情况，可参考波动脉冲信号报告。

地球行星太阳历，2031年9月14日11点33分，距离实验结束还有6120秒。

基于以上实验数据进行阶段性分析。

人类的亲密行为在人类文艺作品中，常被一种被定义为爱情的情感所影响。

但实验数据表明，人类的亲密行为内仅可看到体液气味分子的交换，并未观测到有爱情气味分子的存在。由此推断，人类的精神情感关联为太阳系内的骗局，人类并没有所谓的爱情。

6120秒后，如依然无法观测到爱情气味分子，观测实验将会结束。届时，所有随机进入酒吧的人类实验体将会被K飞船彻底带离太阳系。

贰

Season 02

街道、公园

以下插入一条视频,为国王密室酒吧外街边一辆车内的行车记录仪拍摄的。

22点55分,空旷的街道上,一个男人和一个抱着猫的女人,从国王密室酒吧里走了出来。两人意识清醒,时不时交谈着,男人将衣服披在女人的身上,女人用衣服裹紧猫。两人继续向前走,但始终保持着一定距离。不久,另有一名男子从酒吧内走出,随着两人离去。

35分钟后,国王密室酒吧外围闪现一道刺眼的白光,约15秒之后,白光消失,酒吧里的男女全部昏迷。

以下插入另一条视频，为公园商店监控器拍摄的。

23点29分，一个男人和一个抱着猫的女人，意识清醒地坐在长椅上交谈，一名男子突然加快脚步冲向两人。随后，双方发生冲突，尾随的男人身上突然出现白光，白光很快扩散开来，环绕住三人，15秒后，白光与三人全部消失，猫咪逃离了现场。随后，天空上方出现了飞船状物体，于3秒后消失。

叁

Season 03

隔离处

视频被发现之后,外星学研究学家泡沫博士对当晚出现在酒吧里的 28 名幸存者(当晚实为 30 人)进行问话调查。为了避免引起骚乱,博士暂时未向幸存者们透露疑似外星人一事。

以下为部分对话记录,为保护隐私,会以特征代替幸存者的名字。

雄壮男,1 号幸存者,男性,30 岁,普通白领,未婚。

雄壮男:我真的是喝多了,不要告诉我女朋友啊。

泡沫博士：请先描述昨晚酒吧里的情况。你是几点去的酒吧？如何进去的？

雄壮男（犹豫不决）：7点左右，跟几个朋友碰巧看到了这间酒吧，就进去了。

泡沫博士：有没有什么值得注意、不太一样的人？

雄壮男着急：我跟那女人没有感情的。我真的只爱我女朋友！我都快结婚了……

鲜红嘴唇，12号幸存者，女性，25岁，无业，未婚。

鲜红嘴唇：他（雄壮男）快结婚了？！

泡沫博士：你在酒吧里有没有留意到其他特殊的人，或者看上去有些不太像人的人？

鲜红嘴唇：你确定他（雄壮男）不让你告诉他女朋友？

泡沫博士：请你理解……

鲜红嘴唇：我看只有他（雄壮男）不像人！我们说好了不动感情的，结果他一直纠缠我。我正愁不知道怎么摆脱他呢，太棒了！

阴沉女，7号幸存者，女性，27岁，会计，未婚。

阴沉女：他先来邀请我的，我们三个。说是在酒吧门口看见我们进来，想交朋友。我记得他戴了个眼镜。

泡沫博士：你们都做过哪些事？

阴沉女：我们留了联系方式，然后就是玩色子、真心话大冒险之类的，输的喝酒，赢的也喝。

泡沫博士：是否有人行为可疑？

阴沉女（恼羞成怒）：问这么多干吗？！

阴沉女：他们俩最可疑！

格子衫男，5号幸存者，男性，31岁，网络工程师，未婚。

格子衫男：是核武器对吧？你身上穿的是标准的核辐射防护服。

泡沫博士：我只是想问一下你们在酒吧的事情。是你邀请的隔壁桌的三名女性和你们并桌吗？

格子衫男（咬牙切齿）：最好是核武器！她们死了没？

泡沫博士：先生！

格子衫男（忧郁）：我这样的男的，怎么会有女人答应！是我的同事，他也戴着眼镜。

泡沫博士：发生什么了？

格子衫男：她只喜欢我同事。不过后来，我同事盯上了另一个桌的两个女孩，就把她们叫了过来，跟其中一个好上了。

泡沫博士：哪一个女孩？

格子衫男：蓝头发的。她见我同事为了蓝头发女人冷落她，可能是想报复吧，就突然亲了我。

格子衫男（指了指阴沉女的照片）：恶心……

铂金手机壳，6号幸存者，男性，29岁，金融师，已婚。

铂金手机壳：我那天刚到酒吧，就去了一个角落打工作电话……什么女人能有基金要紧……

紫色眼影，11号幸存者，男，30岁，设计师，未婚。

紫色眼影：就是个酒局，本来也不认识，就是去交个朋友……但喝多了，一个都没记住。

古龙香水，2号幸存者，男性，31岁，建筑师，未婚。

古龙香水：不认识，没联系……其他不记得了。

无框眼镜，17号幸存者，男性，29岁，程序销售员，已婚。

无框眼镜：不记得，什么都不记得了。

泡沫博士（拿出蓝色头发女孩的照片）：我们找到你的时候，你还和×小姐在一起。

无框眼镜：我不知道她姓什么，我喝多了。

泡沫博士：昨晚你去了国王密室酒吧。你们和另外两桌女孩拼桌。×小姐是其中一桌的客人。你记得和她原本同桌的另一个女孩吗？

无框眼镜：忘了……要不你问我老婆吧。她是我的律师，可以全权代表我回答。

泡沫博士：你太太那天不在，是你和你的同事去的酒吧，请看看照片再回忆一下那晚的事。

无框眼镜看着面前30张照片，突然扒拉出了一男一女两张照片，男性（3号）有着一张圆脸，女性（28号）白白瘦瘦。

泡沫博士：你记得他们俩吗？

无框眼镜死死盯着照片，没有说话，又翻了一遍照片。

无框眼镜（有些惊恐）：少了一张……

无框眼镜努力张着嘴，还没说出后半句，就突然眼睛一翻，晕倒在地，镜片碎了一地。

蓝色头发，29号幸存者，女性，21岁，学生，未婚。

蓝色头发哈哈大笑了足足有两分钟。

蓝色头发：所以我们要死了吗？

泡沫博士：×小姐，请问您还记得昨晚您是几点、和谁离开酒吧的吗？

蓝色头发：几点不记得了，只记得走之前在卫生间看到吐了一地晕在那的×××（无框眼镜男）。他说他爱我。

泡沫博士：然后呢？

蓝色头发：我扇了他一巴掌，然后被他送回了家。我睡了一觉之后，就被你们的人叫醒，带到了这里。

泡沫博士（拿出无框眼镜昏迷前查看的白瘦女性照片）：她是你的合租室友吧。离开酒吧之后，你还见过她吗？

蓝色头发：什么意思？她不是回家了吗？

泡沫博士：你真的没再见过她吗？

蓝色头发（犹豫）：我没留意，但，好像确实没有见过。出什么事了吗？

蓝色头发有些惊恐，气势弱了下来。或许是因为担心和恐惧，她不再满嘴玩笑。

泡沫博士：在酒吧里，她做过什么令你印象深刻的事吗？

蓝色头发（犹豫了下）：她说，她好像遇到了真爱。

泡沫博士：在酒吧里？

蓝色头发：我当时也是这么问她的。她说跟地点无关，说对方跟她有精神交流。

泡沫博士（拿出圆脸男孩的照片）：是他吗？

蓝色头发：这个男孩跟那几个男的是在同一桌，好像是他们的后辈。我有印象，因为他跟别的男的不太一样，没对我们动手动脚。或许我室友会喜欢他，但我也不确定。

泡沫博士：为什么你会问"我们要死了"这种话？

蓝色头发：我胡说的，对不起。

泡沫博士：没事，说说看。

蓝色头发：我听我室友那晚跟我说，她遇到了真爱。我虽然不太相信，但很羡慕，然后又失落，就彻底喝醉了。醒来的时候，就遇见了他（无框眼镜）。他跟我说他爱我，我就一时心动了。回我家的路上，他突然说看到两个人跟着一个外星人上了飞船。我就笑着说，那我们会被外星人杀了的。刚才一时想到，就乱说了一下。

泡沫博士：什么样的外星人和飞船？

蓝色头发：他没说，之后就一直说着爱我。虽然我觉得，他可能不是真心的……

泡沫博士将30张人像照片放在蓝色头发面前。

蓝色头发先看了看女室友的照片，又看了看其他照片，她犹豫了一下。

蓝色头发：少了一张DJ的照片。那晚，酒吧里还有一个DJ！……所以，到底出什么事了？

泡沫博士：你的室友和那个圆脸男孩，从昨晚就失踪了！

蓝色头发（一脸惊恐）：那他（无框眼镜）呢？

泡沫博士：他没事，已经被他老婆接走了。

蓝色头发的表情由惊恐渐渐变成了愤怒，又逐渐变成失望。

蓝色头发（指着圆脸男孩的照片）：我就知道，真爱根本不存在！一定是这个人，他把我室友拐走了！

通过视频录像和对28名幸存者的调查，泡沫博士得知当晚酒吧内共有31人，15人提前离开，16人昏迷（已陆续苏醒）。除了圆脸男孩（3号男失踪者）与白瘦女孩（28号女失踪者）外，还有一名失踪者（31号DJ）。

泡沫博士猜测，31号失踪者DJ是外星人，是他绑架了3号失踪者和28号失踪者。绑架原因，尚不明确。

肆

Season 04

飞船

在 21 个地球行星太阳日之前，K 从 K-PAX 星球乘坐小型飞船进入太阳系内的地球行星。这里是除 K 星外，唯一一个已知有高等智慧生命的星球。

此行任务是进行人类情感观测实验，K 以人类 DJ 的身份于国王密室酒吧内观测随机进入的人类实验体 30 例。前两轮观测结果显示，人类并未在酒吧内产生情感分子。

在测试临近结束时，K 发现在没有亲密行为的情况下，出现了带着香气的白色气味分子，疑为情感分子。

K跟随两名人类个体离开酒吧，并试图带他们上飞船，但遭到了他们激烈的反抗。男人试图保护女人，并助其逃离，最终被K阻止。随后两人被带进飞船，成功休眠。

K在飞离太阳系前，进行了此次地球观测实验的最终实验——KW测试。

KW测试，是指测试者K星人向被测试者（地球人类个体）针对情感方面问题进行提问。如果被测试者超过50%的答复能使测试者观察到情感分子，那么认定人类拥有情感。

测试者：K。

被测试者：来自地球的1名男性和1名女性。他们处于休眠状态，两人的脑细胞链接之后形成了统一意识体，被称为人。

K：你刚才昏迷的时候，在想什么？

人：昏迷的时候……我好像是在做一个梦，梦里坐着一艘船，去很远的地方旅行。我记得梦里的月亮很大，冒着白光，很冷……我开始找我的衣服，找了很久。我可能把衣服弄丢了，我觉得很难过。

K：请说得再仔细一些。

人：我们之前离月亮越来越近，而现在却越来越远。我觉得自己好像快死了。

K：你不想死吗？

人：没有人会想要死去。

K：你见过死亡吗？

人：我的猫咪因为腹膜炎住院治疗，两周后死了。那是一种受到惊吓后容易得的病。我的邻居，因为心脏病突然昏迷，被送去了医院，再也没有回来。还有，我的母亲，也去世了。

K：请回答你的感受。

人：我再也没有养过猫，并且搬了家，再也没有新邻居了。

K：所以，你再也没有母亲了？

人：是啊，我再也没有母亲了。

K：你的情感，会随着移情对象的死亡而消失吗？

人：不会，应该不会，也看是谁。

K：为什么会爱一个去世的人？

人：我也说不出来为什么。也许只有我也死了，这一切才算真正的消失。

K：你觉得人类会不会因为情感而走向灭亡？

人：我只知道我注定会消亡，关于我的一切，最后都会消失不见。只是越这样，我越想活着，去爱人，也会希望死后被爱我的人想念。至少我是这样。

K：那么，在国王密室酒吧，那个男孩和女孩之间的情感是爱吗？如果他们，必须要死，你会是什么感受？

人：如果一定要这样，我希望只有我去做那个必须要死掉的人。

K：是什么原因，让你违背了人类希望活着的本能意识，而选择替别人死亡？

人：可能是一时的冲动，不过，冲动也是构成爱的原因之一吧。

K：情感会带来伤害吗？

人：会，这是人类的本能，但却不是我们的本意。

K：酒吧里那些初识就发生了亲密行为的人，他们也有情感吗？

人：当然。即使是麻木、厌恶、憎恨，也值得被理解和尊重。

K：人类会因此而进化吗？彻底失去情感，将一切控制在计算和规定中，即使死亡，也可以计划，甚至杜绝。彻底没有失去的痛苦，也没有活着的渴望。你和你的母亲、你的猫咪、你的邻居，都可以永远地存在。像K星人一样，没有热爱，没有共情，没有爱人，没有宠物，只有任务，只有孤独，只有死寂，只有……只有一切无法被记住而只能被记录的数字、文字和……毫无希望的生存。

人：或许会，但那就再也不算是人了。

K：测试即将结束，你还有别的想法吗？

人：希望我死去，让他（她）活着回去，再没了。

伍

Season 05

咖啡店

K走在地球的街道上,看到到处都是环绕着人类的情感分子。分子间相遇,重组,散发出各种各样的气味,代表着各种截然不同的情感:麻木、厌恶、憎恨……它们擦肩而过,来去匆忙,各有目的,各有归属。

K阅读过人类的很多文学作品,他曾以为自己一个人在漫长黑暗的宇宙中飞行时的感觉便是人类所说的孤独。现在,站在流动的人群中,身上没有携带任何气味分子的K,麻木、厌恶、憎恨乃至爱都不曾拥有过的K,才明白那时候的他还无法理解什么是孤独。

K并不属于这里，虽然他已经放弃返回自己的星球。但怀着仅有的这一点点对于人类情感的憧憬，尚且无法让他顺利地存活于这个陌生的地球上。

K按照电子地图给的最佳散步路线，一直漫无目的地走着，直到再一次见到熟悉的、纯净的、带着香味的白色分子从一间咖啡店里飘出。那是爱情分子。

K站在咖啡店的落地玻璃前，见到了那对被他捉到飞船上抹杀了记忆、最后被放回来的男女。他们原本已经忘了对方，忘了那段短暂的爱情，却又一次一见钟情，此时正坐在咖啡店里愉快畅谈。

K阅读过人类的很多文学作品，也做了很多人类的实验，他曾经思考过为什么人类会选择用文学，而不是用实验报告的方式去阐述真爱。直到此刻，他好像隐隐地理解了，真爱是一种随机的幸运，它只能被感激，被歌颂，被文学化，却无法被蓄谋设计。就像一个人永远无法蓄谋让一个不爱他的人真的爱上他，或者爱上真的他。

而情感实验本身就是一种试图操控爱情的蓄谋设计，所以K虽然观察到了爱情分子，但最终并没有把那份失败的实验报告发送到K星，也就不会再有K星人攻击人类的后续。K想保留住这对男女和白色的带着香气的爱情分子。那让K不再迷失，在这偌大且孤独的地球上。

K跟着他们，跟着白瘦女孩和圆脸男孩，跟着白色香气，离开了咖啡店，一直走，直到跟着他们再次见到那个蓝头发女孩。蓝头发女孩的身上也带着香味分子，虽然它与爱情分子不同，不是白色的，虽然K要刻意并很努力才能闻到那淡淡的香味。

或许地球上相爱的不止一对。也或许如人类所说，不只是爱情，所有的情感都值得被理解和尊重，哪怕是麻木、憎恨、厌恶，抑或是孤独，它们都各自带着不同的香气，只是在理解它们之前难以察觉。

K似乎明白，又似乎困惑，他想弄懂关于情感的一切。他就这样一直跟着，跟着那股令他着迷的香气……

Chapter

Seven

抽象

你是
爱情的具象

对于人类特殊的感情，K 始终没有非常好的应对话语。

FALL IN GALAXY

抽象

"你觉得浴盆怎么样?"

"车里装不下吧。"

"可以放在车顶上。"

"摔下来会碎的。"

"怎么会摔下来!它又不会动。"

"车会动啊。"

"那就绑牢固一点,像我这样。"

西西脸上带着笑，向背对着自己收拾行李的丈夫阿克举手示意："你转过来看看。"

"看什么？"

"我的手。"

阿克将手里的衣服团成一团，悄悄塞进了行李箱。蹲的时间久了，他的腿有点麻。他先试着站起身，敲了敲腿，然后转过身去，却被吓了一跳——西西用打包绳将自己的右手绑在了轮椅的扶手上。

"怎么样，牢固吧！"绳子磨着扶手发出让人汗毛直立的咯吱声。

"像绑架一样。"阿克瞠目结舌。

"就是绑架！你还不想给我带上浴盆。"西西抱怨道。

"那里有浴缸。"

阿克走过来，因为蹲不住，索性跪在地上，全神贯注地解着西西手上的绳子。她用左手摸着他的脑袋，手微微有些发抖。原本整齐的头发，生生被她摸得像猫爹开了毛。但阿克并没有在意，专注研究着眼前的绳子。也不知道西西是怎么系上的，异常牢固。

"我看见了。"西西抱怨着。

"又看见什么了？"

"你把我的衣服团成一团塞进箱子里了。"

"嗯。"阿克没有辩驳。

终于，他解开了绳子。

"这绳子用来绑浴盆最好……"西西嘟囔着。

"为什么一直纠结浴盆？"

"你知道的，我要在浴盆里画画。"

"矫情！"阿克叹了口气，把轮椅上的西西推到窗户前。

窗外停着一辆银色的面包车。

"你看到那辆车了吗？"

西西点点头，有些疑惑："你为了绑架我，还买了一辆新车？"

"嗯，对，就是为了绑架你买了新车。一会儿，我要继续收拾行李，还要接待买画的人。给你个任务。"

"什么呀？"

"在这，看着车。"

"怕被偷吗？"西西问。

阿克摸着西西带着勒痕的手腕，没有回答。他在想西西的浴盆到底怎么解决。新换的面包车，终于可以装进西西的轮椅，但如果她真的一定要带上那个浴盆，该怎么安排。不过，浴盆也有些作用，可以放在车顶装那些空画框，只是要真的掉下来，还是有些危险的。但如果她一定要带的话……

"喂！"西西喊了一句。

"怎么了？"

"真希望车被偷走。"西西说。

"为什么？"

"因为我不想自己去疗养院。"

阿克沉默了几秒，突然笑了起来。

"你笑我这个病人。没有人性！"

"又不是你一个人去，我也要去。"

"你怎么了？"

"我腰疼，背你背的。"

西西也跟着笑了起来，整个身子不住地抽动着，似乎要笑背过气一样："你再逗我，我就要发病了！"

"那你尽快，别一会儿买画的人来了，再把人吓到。"

西西笑着，整个人垂着头，手脚不断地挥动着。放肆的笑声，引得楼下的路人不断地向上看。阿克看着脸部开始抽搐的西西，平静地把她抱在怀里，用力制止着她的挥动和不受控的叫骂，然后他就看起了窗外的云彩。

他看到云彩快速地移动着，天空很灰，晚上或许会下雨。雨天会路滑，车不好走，有些危险。给西西新安装的轮椅安全带有些紧，也不知道她会不会不舒服。不过她的主意倒是很有意思，用绳子绑住，感觉也可以，一边绑着西西的手，另一边绑着自己的腰。

但肯定不能是自己的手。如果西西发病，会影响自己开车。新的面包车还是太小了，如果有再大一点的就好了，不过自己还没有开大车的驾驶证。可以再考一个，然后卖了剩下的画，换一个房车。但是没人照顾的话，西西在房车上应该也不会很舒服。不过房车方便她去山里画画，应该还是比面包车好很多，她应该会喜欢吧。

阿克抱着西西，就这样漫无目的地想着，直到她慢慢恢复平静。她有些无力地坐在轮椅上。

"你去死！"西西哭着骂道。

"我们一起死。"阿克慢慢把西西的头发捋顺，又关上了窗，以免风呼呼地吹进来。

"我真的要去疗养院吗？"

"我陪你去。"

"我再也回不了家了！"

"我把整个家给你搬去，包括浴盆，但是得等下一趟车。"

西西有些恼怒。

阿克轻轻拍了拍西西的头，两人对视着。

"为什么我发病的时候你要看着云彩？"

"云彩腿脚快。"

"你嫌弃我坐轮椅。"

"不是，是我嫌弃自己跑得慢，没能好好地照顾你。"

"我不爱你了！"

"我爱你。"

西西看着阿克，有些难过，努力靠在他身上。

"我说的是气话。我也爱你。"

"我知道。"

西西看着窗外跑得飞快的云，更加烦躁。

"我以前胳膊腿也利索，你记得吗？"

"我记得。"

"后来我才知道，那是病。"

阿克抱紧了西西，什么也没说，因为太难过。

关于西西的病，那是一种罕见病，叫妥瑞氏症，是一种控制不住身体乱动和乱骂的病；关于西西的病，阿克以前说得太多，但是现在，他只有难过、悔恨，还有沉默。

最后一个箱子，也塞得很满，画笔顶出拉链口伸了出来。阿克用力往里按，再将拉链重新拉好。收拾好这些，他们很快就可以出发了。

阿克站起身子，环顾着空荡荡的家，自己和西西已经在这里住了十年。他们在这个房子里相遇，西西来找他学画画，她很有天赋，长得也很漂亮。西西第一次发病也是在这个房子里，就在门边，一头栽在了颜料盘上。当时，阿克还以为她低血糖，直到她挥动着胳膊，将颜料甩到了天花板上。

阿克不禁抬头看向天花板，那块褪色的颜料痕迹还在。不知道房子的下一任主人会不会粉刷这里，会不会把那块暗红色的颜料当成什么恐怖的血迹。

西西最近一次发病，就是在窗边。她一头磕在了窗台上。那时候自己在做什么，阿克已经不记得了，好像是在外面打电话，悄悄跟朋友推荐的医生咨询妥瑞氏症有没有根治的办法。那时候，他特别想治好西西的病，哪怕西西不发病的时候，他也总是处于惊惧中，时刻担心着。

但现在回忆起来，那时候，其实是最后的好时候。

"你觉得这个画，像我吗？"

西西躺在床上，枕头边放着一幅画。那是一幅古怪的自画像。画里，西西的脸是具象的、美丽的，细腻圆润，皮肤纹理很清晰，但四肢却很抽象，是杂乱的几何线条。

阿克突然被打断了回忆，走了过来。他站在一旁，仔细看了看西西，又看了看画："你减肥成功了，比画里瘦。"

"是吗？"西西的身子被被子盖得牢牢的。她努力晃了一下头，似乎无法做出判断，又吸了吸气，脸颊凹陷得厉害，确实比画像里丰满的模样消瘦了很多。

"真好，我可以出书了，题目就是《如何让你两个月瘦下四十斤》。"西西调侃道。可能是太高兴，又或者是太疯癫，她开始抽搐地咳嗽起来。

阿克赶紧把被子拉开，西西露出了皮包骨般的身躯。阿克单手就把她扶了起来，将她的头放在自己的肩膀上，并轻轻帮她拍着后背。

西西咳嗽了几声，无力地垂着头，只有眼珠子咕噜噜地乱转。看着空荡荡的屋子和地上六七个大大的箱子，她似笑非笑地撇撇嘴："东西都收拾好了？"

"收拾好了。"

"就差收拾我了。"

阿克笑了笑，没有说话。

"真烦。"

"怎么了？"

"我后脑勺疼。"

阿克帮西西轻轻揉着后脑勺，什么也没说。他知道西西为什么头疼，她最近一次发病，摔到了后脑勺。

"心里也疼。"西西轻轻地说。

"我知道。"阿克点点头，又轻轻地抚摸她的后背。

西西试着动动手指，想碰一下阿克，但手指异常地顽强、沉重，提不起来。

"是爱情，因为爱情太沉重了，压得我动不了了。"西西故作俏皮地说。

阿克笑了笑："你老实点，多休息。"

西西哼哼地笑了笑："真好。"

"怎么了？"

"不用动就可以减肥。"

阿克茫然地点点头。

西西轻轻打了个哈欠。

"困了。"

"困了就好好睡一会儿。"

"醒来呢？"

"醒来就在疗养院了。"

"那我还是长睡不醒吧。"

阿克调整了下姿势。虽然西西很瘦，但当她整个身子倚靠过来时，阿克还是感到分外沉重。

"没事，我都陪着你。"

"阿克！"

"嗯？"

"我想去轮椅上坐一会儿。"

阿克抹了一把脸,将西西从床上抱起来。西西无力地向后仰去,倒过来看向床上的画,还有画里乱挥的四肢。西西的眼圈红了,但说不出话,就这样又被阿克放在了轮椅上。她的身体不自觉地向右倾倒,被阿克稳稳地扶住了。

阿克推着西西到了窗边,西西垂着头,但眼睛使劲向上翻着看。天有些灰,云彩也灰。

"快下雨了。"

"嗯,快下雨了。"

"你知道云彩的运动速度,可以达到一秒五米吗?"

"好像要看风的速度。"

"风的速度?"

"嗯。"

西西笑了笑:"你还记得,我第一次严重发病吗?就在你的画室里。你吓了一跳。"

"我不是很快反应过来,还把你放进温水里了吗?"

"嗯,后来那就成了我的浴盆。"

阿克点点头,拉着西西的手,摸着她干瘦的胳膊。

"你那时候,都不知道什么叫妥瑞氏症。"

"确实不知道,感觉像多动症,多动女孩。"

"我动起来，也能一秒五米。"西西顿了顿，"你以前总想治好我的病，总想想尽一切办法。我知道你爱我，但我更担心你烦我。"西西用那双因为凹陷显得格外大的眼睛看了看阿克的脸，又垂下来死死盯着自己的胳膊："你看，我的胳膊现在不能动了。"

阿克的眼圈瞬间红了，他紧紧抱住西西，但没敢去看她的胳膊。只是看到了床上的那幅画，看着画里的少女和她挥动的、抽象的胳膊和腿。

"想些开心的事。等这幅画卖出去了，我们可以买辆房车，我带着你去山上写生。我听朋友说，山上的河里能抓到海马。"

西西没有回答。

"我知道你不说话是因为什么，我也觉得他是骗人的。河里怎么可能有海马？估计是蝌蚪，或者小鱼。"

"你可以画画，想怎么画就怎么画，有耐心就好好画个头，没耐心就胡乱画个身子。反正我可以编个说明，比如你看这幅画，我们就说它是抽象派好了。"

西西始终没有回答，阿克也不介意，就继续自说自话。

"其实我也不是很了解抽象派。

"西西，你了解吗？我猜你也不了解。

"天都快黑了，买画的人还不来，我们就要走了。

"疗养院很好，你放心，浴盆给你带上，画本、画笔都给你带上。你睡醒了就可以继续画画。

"你以前生气了,就冤枉我,说我拿你的妥瑞氏症当灵感,说我是艺术变态,因为你有妥瑞氏症,才爱你。但我真的没有,我就是……我就是画画,跟你一样画画……画画你,画画看到的东西。我什么想法都没有,以前只是想让你治好病,但我知道错了,我现在就只是想让你醒过来……"

西西的头就这样垂在阿克的肩膀上,好像睡着了一样。

阿克抚摸着她的后脑勺,眼圈红红的。他的眼泪滴在西西干巴巴的脖子上,又顺着脖子流到了后背上……

西西还是一动不动,好像睡着了。

楼下的门铃响了起来……

买画的人来了,阿克关于西西还醒着的想象也结束了。

阿克将昏迷的西西重新放在床上,给她盖好被子。他擦了擦眼睛,深深吸了口气,转身离开房间。

车沿着盘山公路向上行驶。

车后座上,有一个绿色的长方形的包,包里露出了画框的一个边。

在车的前排,K握着方向盘,听着音乐,还有窗外的风声,看着眼前绵延无尽的弯道。

弯道的尽头，终于出现了一个小别墅。

创作《分离》的画家和她的经纪人丈夫就在那里。

"她以前有妥瑞氏症，三年前一次发病摔到了后脑勺。前两年还能动，也能画，但从去年开始……昏迷了已经……"画家西西的丈夫阿克看到 K 等在门外，就势和他坐在房子外的椅子上。这是画家丈夫说的关于女画家的第一句话。

K 只是抱着画框，陷入沉默。对于人类特殊的感情，他始终没有非常好的应对话语。索性，大部分人类和他研究的一样，沉默、倾听是他们最喜欢的回答。

只是，画家的丈夫也很沉默，还抽起了烟。虽然墙上挂了禁烟标志，但标志下的垃圾桶上，有许多长短不一、散发着苦涩味道的烟头。

"让我抽完这根。"画家的丈夫狠狠吸了一口烟，转过头上下扫视了一下 K，最后看向包里露出的画框边，"再熬几年，等她没了，你买的这幅画会更值钱。"

K 依然沉默，这不是他的目的。此行跟钱无关，他只是对这幅画有些困惑，想要得到解答，但话题迟迟没有落到他想要的答案上，也就一直任由画家的丈夫自说自答。

但画家的丈夫一点也不介意。他又看向天上，什么都没有，只有风呼呼的，若一定说能看见点什么，也就是云彩在慢慢地挪动。

"你来是想继续买画吗？可惜都卖得差不多了。"画家的丈夫心不在焉地弹了下烟，烟灰落在他的鞋子上，但他毫无察觉。

K有些困惑，也跟着看向快速移动的云。他此刻最不明白的是为什么人类说话的时候，总会看着天上的云。难道云和答案有什么逻辑上的联系？

"我来是想问问关于这幅画的问题。"K坦诚相告。

画家的丈夫依旧没有回答。

K又继续说着："我想知道这幅画为什么叫《分离》？"

画家的丈夫点了点头，"嗯"了一声，似乎是回答，但又答非所问，脸上透露着如果不坦然说出、K绝对琢磨不透的复杂表情。

"你知道很多艺术家在创作之前，都会做什么吗？"画家的丈夫问道。

"想象，记录灵感，查阅资料，设计。"K有条理地回答着。

画家的丈夫笑出了像哭一样的声音："是厌烦，厌烦自己、厌烦创作的痛苦过程。"

K有些不解。

"但其实过程才最重要。有时候，事情完成了才发现，那不是自己想要的。"画家的丈夫顿了顿，"是不是太虚了？说白了就是想最简单地完成创作，但却厌烦创作的这个具体过程。"画家的丈夫直接从K的包里把画抽了出来，摊在面前。

这幅画和之前他想象西西的时候脑海中出现的那幅画面相似,只是这一幅更加古怪,只有西西消瘦的脸,眼睛紧紧闭着,而且从脖子以下的画面都是空白。

画家的丈夫接着说道:"厌恶的那个感觉跟你买的这幅画一样,很抽象。反正,是我理解的抽象。拒绝过程,拒绝加入过多的感情,只是阐述一种存在。"

"所以这幅画没有感情?"

画家的丈夫犹豫了下,不知道该作何回答,只是不断抚摸着画像中西西的脸:"其实我也不懂抽象!"

他将画还给了K:"你猜她昏迷前跟我说的最后一句话是什么?"

K充满好奇。

画家的丈夫低头盯着自己的胳膊:"她就这样盯着自己的胳膊,跟我说——你看,我的胳膊不动了。"画家的丈夫说完这句话,挥动起他那只夹着烟的手臂,速度很快,像抽搐一样,但也只是挥动了几下,烟灰掉在他的鞋子上。他收回手,把烟头在鞋底狠狠一抹,火星变成了灰烬,留在手指上。

"她以前动得比我快多了,弄得我心烦的时候,我就经常这样掐灭烟。我现在经常会想象,她又醒过来,管着我,不让我抽烟,不让我用手灭烟。但是现在,现在她也管不着了。"画家的丈夫长舒了一口气,眯着眼,眼眶里微微反光,似乎有水汽。

"你这幅画,其实是我画的。"画家的丈夫慢慢地说着,"是我在她昏迷之后画的。事实上,画家西西的画,一直是我们俩合力创作的。我们会画她端坐的样子,会画她骂人的样子,也会画她四肢乱挥的样子。我们相爱,结婚,一起画画,始终都是快乐的。我一直试图把她的病治好,但她最后一次发病摔倒后,就一直陷入昏迷。我画了这个头像,却画不了她安静、一动不动的身体。"

画家的丈夫看着 K 说道:"你明白了吗?我说的解答。"

K 看着眼前画中仅有的女人头像,陷入思考:"所以这幅画叫《分离》?"

画家的丈夫点点头。

"她已经不能待在医院了。最后的日子,我会带她去临终疗养院里度过。"他顿了顿,"没错,所以叫《分离》。"

画家猛地起身,转头看着 K:"你还要买画吗?我还有最后一幅。"

K 想了想:"也是抽象派的吗?"

画家的丈夫犹豫地点点头:"算是吧。我们需要钱,之前卖画的钱都给她续命了。你等等。"

画家的丈夫说完,一把打开房门,但没有邀请 K 进去。K 继续安坐在外面的椅子上,从门缝里传出来的只有水仙花的香味。可以感觉到,他把她照顾得很好。

画家的丈夫很快出来了，带了一幅画，那也是他之前幻想过的女人画像，只是从纸张和颜料可以看出已经有些年头了。

画中西西的脸是具象的、美丽的，细腻圆润，皮肤纹理很清晰，但四肢却很抽象，是杂乱的几何线条。

"这幅画，以前经常放在她的枕头边，是她最喜欢的。别人只知道她是有名的画家，我是她的经纪人。但其实这幅画的头部是她画的，四肢是我画的，画的是她第一次在我面前发病的样子。"

K接过画端详着。

"我以为她就好了。但是怎么也没想到，最后她真的不动了，也醒不过来了。我有时候会想，如果我不坚持要治好她，是不是就不会这样？是不是我自己不知足，才弄成这样？"画家的丈夫并不期待K给出答案，只是深深地叹了口气，又点了一根烟，默默地望着天上。天灰突突一片，就要下雨了。

"这幅画叫什么？"

画家的丈夫想了想："叫《抽象》吧，我们以前起的。"

K点点头。抽象？他想起曾经看过的一句话：分离是指暂时不考虑研究对象与其他各个对象之间的各种联系。分离本身就是一种抽象，它是抽象的第一步。

K将两幅画塞进了包里。

"该走了，一会儿要下雨了。"画家的丈夫说道。

而K也已经有了关于抽象与分离的答案。

雨终于下了,蜿蜒的山路上,K看到那辆面包车就在自己车后,始终保持着安全距离。唯一不安全的是,面包车顶上,扣着一个不大的浴盆,雨水顺着浴盆的边缘慢慢往下流。好像,那跟他们的回忆有关。

山下,一个分岔路上,两辆车一前一后驶向不同的方向。

K自此再也没有见过阿克与西西。

五个月后,阿克也不会再见到西西了。

Chapter

Eight

/

斯德哥尔摩

别再以爱之名
相互束缚

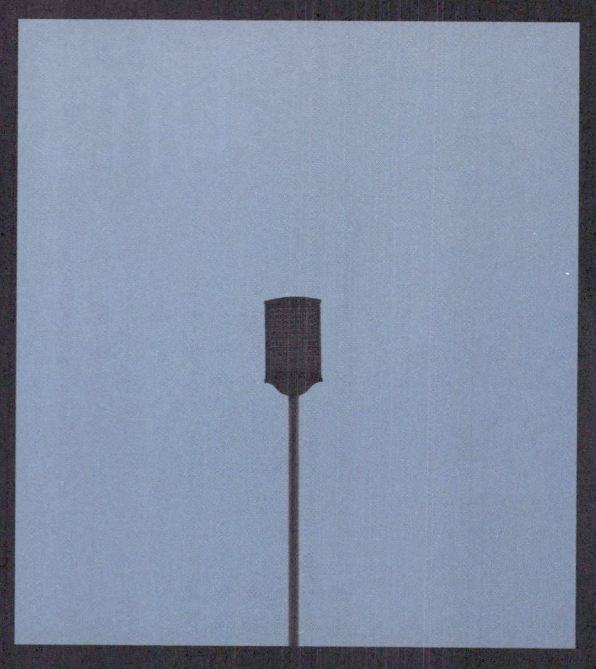

相同的事不断重来,一遍又一遍,一辈子也就过去了。

FALL IN GALAXY

壹

Season 01

　　夕阳西下，照出红砖上纵横交错、深深浅浅的青苔，以及墙和地面的缝隙里毛茸茸的狗尾巴草和纤弱的小黄花。一只瘦弱的橘白小猫正在角落里逗弄老鼠。它绕着圈子审视，老鼠吓得不敢动，猫咪也不动，等老鼠以为有机会逃之夭夭时，猫咪却不慌不忙地跳过去按住了它。老鼠左冲右突，却只能在猫爪下无望挣扎，最后力竭瘫倒。猫咪这才过去仔细闻闻，张口咬下。

　　旁边突然伸出来一根树枝，把猫咪吓了一跳。它抬头看见一个身材高大的男人正盯着自己，警惕性地退开。刚才还在翻肚皮装死的老鼠马上翻身，从旁边的小洞一溜烟逃走了。

方舟从后面赶过来。陆昊喆拿着树枝，将两个大行李箱停在身边。

方舟有些奇怪："做什么呢？"

陆昊喆回过神，温柔笑笑："没什么，有只猫在抓老鼠，看了一会儿。"

方舟脸上浮现出一丝害怕的神情："在哪儿？"

陆昊喆搂住她安抚："别怕，刚被猫抓走了。"

方舟松了口气。

陆昊喆一手拉着一个行李箱，和方舟一起走到一道青黑色的铁门前。门把手被磨得光滑发亮，旁边挂着一块绿底白字的牌子，上面写着"文山路6号"。墙内的小院在七月的暑热里郁郁葱葱。进门再往里，三层红砖小楼上覆盖着湿润的青苔、茂密的爬山虎，院里还有缺角的花坛，一切都在述说着它曾经经历的风雨。

陆昊喆有点儿忐忑："这就是张医生极力推荐的地方，没想到这么旧啊！"

方舟打量了一下："我倒是喜欢这种复古的风格。"

陆昊喆暗暗松了一口气："那就好，我们进去吧。"

旅馆内舒适漂亮，并不像外面那么陈旧。前台边角一盆不知名的花开得正好；电脑边上摆着蒂芙尼的台灯，还有一幅深蓝色的小画随意地斜靠在墙边；正对着前台的是一张宽大、柔软的沙发。

一个面容温和的年轻男人接待了他们。他是 K，文山路 6 号的老板。K 接过陆昊喆递过来的身份证，端详了一会儿。

方舟有些奇怪："老板，有什么问题吗？"

K 笑了笑，人类其实有很多可供辨认的特征，比如独特的个人磁场、气味、虹膜等，但他们却只用最简单的技术来识别自己。虽说是科技受限，K 却更倾向于认为是人类自己把进化赠予的感应系统人为关闭了，最后只好依赖于人工创造出的简陋复制品。他当然不会和方舟说这些，所以只是摇头："没什么问题，很荣幸在这半个月招待两位，我叫 K。"

方舟和他握了握手："之后麻烦您了。"

陆昊喆很体贴地嘱咐方舟："你先去沙发歇会儿吧，我和老板交代几句。"

方舟点头离开，陆昊喆非常礼貌："老板，我女朋友她身体不是特别好。有些注意事项，我需要先知会你们。"

K 愣了一下，继而恢复平静的表情："没问题。都有什么呢？"

陆昊喆打开一直背着的包，拿出一张写着密密麻麻字迹的纸来。

方舟坐在沙发上，听着男朋友絮絮叨叨的声音隐隐传来。

陆昊喆就是这样，只要出门，他都会安排得妥妥当当，生怕方舟有一点不舒心，任谁看了都不信他们感情有问题。

这次墨城之旅是他们的咨询师张医生推荐的，说这家旅馆或许能找到解决他们感情问题的方法。但，方舟看了看四周，这里除了复古一点，并没有什么特殊的装置或者设备。或许是有厉害的心理咨询师在这里定期举办什么课程吧，方舟思忖着。

沙发右手边有一道半圆形拱门，门内就是餐厅，色调风格和旅馆的复古情调很是搭配。方舟走进去，看到不远处有个小酒吧。因为现在是白天，酒吧还没营业。靠近方舟的这头，一张深绿色绒面的台球桌上，八色圆球正安安静静地躺着。再走两步，一个橘白的影子忽地从桌底下蹿出来，吓了方舟一跳。原来是刚才那只小猫。它跳到餐厅的窗台上，警惕地看着方舟。

方舟眼前一亮，嘴里喊着"咪咪，小咪"，慢慢往前，并试着伸出食指去触碰它的鼻子——这是猫咪最易接受的打招呼方式。猫咪闻了闻她的手指，放松下来。方舟趁机上前摸了摸猫咪的头，又顺手撸了下猫咪的下巴和耳根，猫咪越发放松，发出了呼噜声。

陆昊喆在前台叫她。

猫咪一听到动静，扭身钻出窗外。

陆昊喆又叫她。方舟"唉"了一声："我就来。"

此时，那只猫又钻了回来，嘴里还叼着东西。方舟定睛一看，赫然一只已经断气的老鼠！她吓得倒退两步，猫咪却一脸无辜地看着她。

贰

Season 02

方舟匆忙从餐厅里走了出来,脸上带着点儿惊慌。陆昊喆看着她担心地问:"舟舟,怎么了?"

方舟努力平复了一下心情:"哦,餐厅有只小猫抓了只老鼠。"

陆昊喆反应有点大:"老板,你们家怎么会有老鼠?"

K有点抱歉地看了眼方舟:"不好意思,那估计是理查德,它有时候会到外面抓些小动物。真是抱歉吓到方小姐了。放心,酒店里面没有老鼠的。"

方舟看了一眼陆昊喆手里的房卡:"可以帮我们换楼上的房间

吗？我担心它会把老鼠抓到屋里。"

K有些为难："楼上只剩一间什么都没布置的房间，朝向不大好……方小姐，别担心，我给理查德设置的活动区域只有餐厅和外面，它不进房间。"

陆昊喆有点诧异："设置？"

"哦，就是规定，我给它规定了活动区域，不可以进房间。"

方舟很坚持："不行，不能住楼上我就取消这次行程。"

陆昊喆看K这么为难，想上前劝劝方舟："舟舟，要不然……"

方舟的声音突然大了起来："我说了，不住楼下！你什么时候才能记得我怕老鼠这个事情？"

陆昊喆有些慌乱："我记得，就是没想那么多，你别着急啊。老板，就换到楼上吧！朝向不好也没关系，我可以帮着一起布置。"

事情就这么定了下来，K帮他们办理了换房手续。陆昊喆拎着两个大行李箱上楼，方舟有些生气地坐回到沙发上，等陆昊喆安排好房间。

K给方舟端了一杯咖啡，然后在旁边坐下："方小姐，真是抱歉给你们带来不便。这样，为表歉意，二位入住期间酒水全免，如何？"

方舟喝了一口咖啡，勉强笑了笑："多谢。我刚才有些反应过度了，希望你不要见怪。"

K看着方舟，神情中带着一点探究的意味。

"为什么会这么怕老鼠？"

"可能……是心理阴影吧。"

"阴影？"K知道这个阴影肯定不能用二维空间的大小来衡量，他思忖了一下，决定继续老鼠的话题，"在地球自然法则中，除了食草类和食肉类的对抗，其他对抗都是一方对另一方的绝对碾压。人类和老鼠的体形相差甚巨，战力也差了好几个数量级，为什么人反而会害怕这样一个小体形的物种？"

方舟愣了一下，似乎第一次思考这个问题，不过她很快放弃了挖掘答案："可能我们这个物种就是古古怪怪的吧，莫名其妙害怕很多东西。"

"真害怕，你可以选择离开的。"

"但我还抱有一丝希望，想让我俩的关系健康起来。这是我和昊喆最后的办法了，只要理查德不再把老鼠放在我面前就没关系。"

"那我去重新设置一下，让它不要再抓老鼠了。"

"设置？它又不是机器，调个参数就可以，猫是最不听指挥的。"

K站起来，神情意味深长："只要用对了办法，猫咪还是可以听话的。"

方舟和陆昊喆就这样住进了文山路6号。K并没有看出他们俩的矛盾在哪里,相反,陆昊喆对方舟无微不至,而方舟除了第一天发了那一点点脾气,再也没有任何异常。平时两个人同进同出,看起来比一般情侣还要亲密一些。

但这天,K刚从餐厅回来,就听到了楼上激烈的争吵,还有重物落地的声音。他没有在意,打开电脑看最喜欢的动画片。此时一男一女背着背包从楼上走了下来,说要退房。这是上一拨客人——言安时和叶子。

K关掉视频,点开两人的资料:"两位确定要走?"

楼上争吵声仍在继续,但言安时和叶子都没在意。叶子把背包放下:"安时,你办手续吧,我去和理查德说声再见。"

叶子往餐厅走去,言安时笑着把信用卡递给K:"是,已经确定了。以前都是我忽略了她,才会让她那么没有安全感。"

K看着言安时档案里的问题,上面写着"女朋友控制欲太强"。

"所以是你做了改变?"

言安时思考了一下:"也不知道为什么,你这里没有心理咨询课程,我们在这儿还吵了好几次,但我的确想明白了,我不该总说她控制欲强、爱吃醋。"

K不解:"醋不是一种调料吗?"

言安时笑了出来:"K,'吃醋'在中文里是嫉妒的意思,你们星球是不是没有这种说法?"

K意识到自己可能犯了一个望文生义的错误,他及时改变话题:"原来是这样。不过在人类的感情里,最后的结果是不是总和当初寻求的答案不一样?"

言安时有些诧异:"可能吧,感情……"

他正要往下说,楼上突然飞下来一个东西,一下子砸到了他头上,然后掉到了地上。那是一部手机。言安时呻吟着蹲在地上,叶子闻声从餐厅过来,发出一声尖叫。楼上的争吵马上停止了,方舟和陆昊喆推开房门,看到言安时的样子大吃一惊,立即跑下了楼。

叁

Season 03

因为吵架伤了人,方舟很懊恼。她和陆昊喆一起陪同言安时、叶子去医院做检查,傍晚才回来,大家都疲惫不堪。方舟建议先吃晚饭,让言安时和叶子在旅馆多休息一天观察一下,又指挥着陆昊喆帮言安时和叶子续了房间。

四人来到餐厅,K正在角落里吃饭,看见他们进来,他微微点头致意,并摆手示意他们不需要坐过去,因为他马上就吃完了。他们坐在了离K不远的地方。

言安时和叶子各自点了几样喜欢吃的菜,陆昊喆拿着菜单仔细研究。

言安时看方舟无聊，把自己的菜单递过去："方舟，你看这个吧。"

陆昊喆阻止了："不用了，我替她点就好。"

方舟可怜兮兮地问："昊喆，可以吃水煮鱼吗？"

陆昊喆毫不留情地拒绝了："里面有太多花椒，你吃到会过敏的。"看到方舟沉下来的脸，他的语气柔和起来："今天我们吃土豆牛腩、火腿笋汤和三杯鸡，都是你爱吃的。"

菜上得很快。此时 K 已经吃完，过来和他们说了几句话就走了。陆昊喆照顾方舟吃饭，无论是夹菜、拿餐巾纸，还是倒饮料，都做得极其妥帖。

叶子瞠目结舌："我只想问一个问题，这种完美男友，去哪里领？"

言安时抬起头："喂，我还在这儿呢。"

叶子白了他一眼，看向陆昊喆和方舟，有些不解："看你们俩感情这么好，究竟为什么……"

叶子话还没有说完，方舟突然开口："昊喆，我要吃虾。"

陆昊喆依言拿起一只虾，剥了壳，放在方舟碟子里："你们俩感情也挺好的呀。"

"才没有，"叶子看着埋头吃饭的言安时，一脸恨铁不成钢，"安时要是能有你一半，我就知足了。"

言安时不甘示弱:"那你也没人家方舟好啊!"

叶子气得瞪了他好久才憋出一句话:"回去再找你算账!"

方舟和陆昊喆相视一眼继续吃饭。四个人都很默契,没再提吵架的事。

快吃完时,陆昊喆扣在桌上的手机突然响了。他有些坐立不安,没有去接电话,本来笑得开心的方舟马上敛起笑容。铃声响了好一阵,终于停下,言安时跟陆昊喆同时松了一口气。陆昊喆把手机塞进口袋,铃声又响起来。

方舟啪地把手里的筷子放在桌上。

叶子掏出手机:"是我的,我朋友问我什么时候回去。"

方舟没再说话,氛围一时很诡异。吃完饭,言安时和叶子借口收拾东西先回了房间。

回到房间,方舟靠在沙发上,看着不安的陆昊喆:"你不看看是谁的电话吗?"

陆昊喆掏出手机看了一眼,大大松了一口气:"是妈,她问咱们怎么样了。"

方舟盯着陆昊喆:"那你刚才为什么不接电话?是不是心虚了?害怕是她打来的?不是说把她的电话拉黑了吗?难道你们还有别

的联系方式？"

"没有没有，我只是担心你生气。今天不就是因为接了她的电话你才不高兴？"

方舟伸手，陆昊喆有些没有底气地把手机递了过去。方舟接过手机解锁，点开一个个应用，查看好友、聊天记录、私信、评论、点赞。陆昊喆在心里默默庆幸自己的确已经把前女友的所有联系方式都拉黑了。当他看见方舟点开一个游戏时，脸色大变。

方舟举着手机，指着他前女友的浏览记录和留言给他看："这是什么？"

陆昊喆努力辩解："舟舟，你别生气，这游戏我已经很久没玩了，只是突然一时兴起点进去看了看。"

方舟冷笑："是吗？这留言还是昨天晚上发的！你现在打电话跟她说清楚！"

陆昊喆有点儿不情愿："我把她删了就好了，白天你不是刚骂过她吗？"

"你要是不愿打，我来打。"

陆昊喆沉默着，不说话也不动。等方舟开始拨号时，他一把上去把手机抢了过来。

"我来打！"他果断拨通了前女友的电话，却传来关机的声音。

"关机了。"他有些庆幸，"明天再说吧。"

方舟盯着他看了很久，最后终于开口："我累了，睡吧。"

陆昊喆如获大赦，赶紧给她铺好床铺。等她躺下，他掖好被子，小心地躺到另一边，却还睁着眼留意方舟的动静。

过了很久，旁边传来了方舟均匀的呼吸声，陆昊喆的身体终于松弛了一点，他闭上眼睛。

"昊喆。"

陆昊喆整个人都紧绷了起来："怎么了？想要什么？"

"叶子说你是完美男友，你高兴吗？"

"她就随便一说，你知道我不是的。"

"我觉得你也很好，"方舟幽幽地说道，"所以为什么要这么对我呢？"

陆昊喆大气也不敢出："舟舟……"

方舟的语气非常平静："要不你现在下楼去找叶子和言安时，和他们说说你是多么好的男朋友，怎么样？"

"舟舟，"陆昊喆语气中带着恳求，"很晚了，我们不要打扰别人了，明天再说吧，好吗？"

方舟转过身来，眼睛在昏暗中像两点寒星，逼视着他："你不去的话，那我去和你爸妈说说？或者和你公司的人说说？"

陆昊喆溃败了，心如死灰："我去，我现在就去。"

他一步一步走到还在当值的 K 面前，仿若前面是无底深渊：

"K，能麻烦帮我给安时他们房间打个电话吗？"

K奇怪地看了他一眼："安时？他们半个小时前退房走了。"

"走了？"

"嗯，说是有急事，怎么了？"

陆昊喆站在前台，久久才回过神来："没事儿。"他顿了一会儿，走到沙发前坐下，整个人像虚脱了一样。

K把桌面收拾了一下，走到他面前："陆先生，要喝一杯吗？"

陆昊喆抬头，好像没明白K的意思，好一会儿才反应过来："好。"

肆

Season 04

K亲自给陆昊喆调了一杯酒,然后打开了酒吧里的留声机。两人默默喝着,过了一会儿,陆昊喆才开口:"K,你有觉得亏欠的时候吗?"

"亏欠?"

"就是时时觉得亏欠他人。"

"因为欠了别人很多钱吗?"

陆昊喆愣了愣,苦笑着喝酒:"怎么可能是欠钱那么简单!是做错了事,对不起别人。"

"方小姐？"

陆昊喆自顾自地往下说："她是我见过最优秀的女孩子，漂亮，聪明，家世好，待人处事无可挑剔。而我什么都要她来教。这样的她，居然爱我。"

"为什么要教你呢？我看她平时都是听你的话。"

"因为我哪里都比不上她，我们在一起，我只会拖累她。何况，我还做了对不起她的事。"

"怕拖累的话，不在一起就好了。你们人类不是发明过一个叫分手的东西吗？"

"要是感情都这么简单就好了。分手？舟舟会疯掉，我也是……"

K满是不解，却不知道该从何问起，他决定再观察两天。陆昊喆在一旁一杯接一杯地喝酒。

等方舟心烦意乱地找到楼下，陆昊喆已经醉倒在了吧台前面。得知事情始末后，方舟叹了口气，和K一起把他架回了房间。

自这次陆昊喆醉酒后，两人平静了好几天。每天，陆昊喆哄方舟睡着后，照例会来酒吧喝一杯，K明显感觉到他的情绪好了起来。

这种平静一直持续到方舟的手机修好送回来。她看到手机，想起那天因为吵架砸到言安时的头，有些懊恼没有当面和他们说再见。

"我本想请他们吃饭赔礼道歉的,结果他们大半夜就走了,肯定是被我吓到了。"

"别乱想,和你没关系,说不定就是有急事呢。"

"也不知道他们是因为什么感情问题才来的,不过看起来和好如初了,我都有点儿羡慕呢。"

"我们也可以的。"

"真可以吗?"方舟有些怅然,"叶子和安时一看就是那种想得开的人,问题才能解决。昊喆,我们吵了那么多次,你也累吧?"

陆昊喆一下警惕起来:"怎么突然说这个话?"

方舟看着窗外:"如果我像叶子那样,肯定不会有这么多的问题,对吧?"

陆昊喆看着平静的方舟,内心警铃大作。

他预感得没错。接下来的几天,方舟都在纠缠陆昊喆是不是对她厌倦了的问题,逼他承认叶子那样的女孩才会让人感到轻松。陆昊喆害怕她情绪突然失控,即使十分疲惫,也不敢在她熟睡前合眼。但这天在酒吧喝了一杯酒后,他没有撑住,一回到房间就沉沉睡去了。

一睁眼,方舟正坐在床上看着他。

陆昊喆吓了一跳:"舟舟,几点了?"

"一点。我们一个小时前就该退房了。"

"对不起对不起,我睡过了。你别着急,我五分钟就可以收拾好东西,你先下楼和K说句对不起,让他稍微等一下。"

方舟一动不动:"上次你晚上在外面睡过了,让我爸妈等了一个多小时,也是我去道的歉。"

陆昊喆嘴里发苦:"舟舟……"

方舟自嘲:"又翻旧账是不是?怪不得你喜欢叶子那样的女孩……"

陆昊喆伸手去拉方舟:"这是哪儿跟哪儿,别闹了。"

方舟一把甩开他的手,声音很尖:"我闹?那你和她当初别做那么不要脸的事啊!你还敢说我闹,你给我滚出去!"

他转身就走,身后的方舟歇斯底里:"你敢走出这个门,我死给你看!"

陆昊喆一股火涌了上来,大吼了一声:"方舟,你究竟想怎么样?是要逼死我吗?"

一时寂静,方舟面如死灰,过了很久才开口:"昊喆,我们分手吧,这次是真的。"说完她转身离开了房间。

陆昊喆待在房间,良久,才突然惊醒过来,拿起方舟的外套追了出去。

一楼没有方舟的身影。

K站在前台，神情有些迷惑不解："陆先生，方小姐刚才过来说要退房，还说……你们俩分手了。"

"她走了？"陆昊喆四顾茫然。

K正想着要不要走开，陆昊喆却说："K，有时间喝一杯吗？"

吧台前，陆昊喆小心放好方舟的外套："这是舟舟第三十一次要和我分手。每次一生气，她就让我滚，然后提分手，我再追出去，然后和好。"

"……"

陆昊喆看着K诧异的神情："不怪她，是我做过对不起她的事。这件事一直梗在她心里，一想起来，她就很痛苦。"

"怪不得你平时对她这么忍让和照顾。"K这句话说得非常真诚。

"后来我们的咨询师说你这家旅馆可以解决情侣间的问题，我和她才来的，没想到……"

"也不是所有问题都能解决，看个体。"

"我这几天，每天睡不到两个小时。"陆昊喆苦笑着喝酒，"我俩第一次分手就是这样，上一次也是这样，下一次还会这样。每一次都脱一层皮，这种折腾，可能要至死方休。"

K感到很震惊："感情的问题居然要用死亡来解决吗？"

陆昊喆声音轻得像在自言自语:"除非她真的放下,否则即使我死,她也一定可以找到我再重来一遍。到那时候,她受的伤害更大。"

K看着陆昊喆,第一次话说得很慢很慢:"假如,方小姐再也找不到你呢?"

陆昊喆怔住:"什么?"

伍

Season 05

K一眼看到方舟正失魂落魄地蜷在前厅沙发上。他下楼,一步一步地走到她面前。

"他走了,是不是?"

"是的。"

"我本来打算不回来的,闹了这么久,我已经不像是我自己了。再这样下去,两个人一起完蛋。可我出去后才发现,我什么都不会了,连车都不会开。"方舟自嘲笑笑,"昊喆照顾我太久太好了,他什么都替我做,我成了废人。"

K看着方舟,不知道该说什么。

"你相信吗?这么爱我的人,说出轨就出轨了,如果不是那个女人找上门来,根本看不出异常。我毫无防备,心就被他们狠狠捅了一刀。当时我大闹了一场,自杀未遂。"

K奇怪:"你们不是用了分手这个东西吗?"

方舟笑了:"K,分手不是一个东西。它也不是次次都有效的,而且,我可能是舍不得吧。"

"……"

方舟叹了口气:"我和他刚上大学就在一起了。他……很爱我,从来没有人像他这么爱我,连我爸妈也没有。知道我不想要小孩的时候,他第一时间去做了结扎。但我就是放不下过去的事,这几年,他一直在无条件地忍受我的愤怒。因为在这个世上,他只有我了。"

"我看过一个你们人类制作的动画片,里面的丈夫将自己摆在弱势地位,去索求地位强势的妻子的爱。这和你们有点像,大家都劝他们离婚。"K试图利用自己的知识去理解方舟的想法。

方舟赞同:"听你这么说,他们的确是分开得好,不然也只能相互折磨,至死方休……"

方舟突然愣住了,只见陆昊喆捧着一束花站在门口。

K微笑地看着方舟下楼,没说什么就走进前台帮他们退房。

方舟把房卡放到桌上:"昊喆在楼上收拾东西,他说请你稍微等一下。"

K点头,两人沉默了一会儿。

"方小姐,可以问你一个问题吗?"

"你说。"

"你明明已经下定决心逃出去,为什么又回来了?"

方舟看着K,过了好久才开口:"我看见了两个人。"

"谁?"

方舟笑笑,没有回答。

时间倒回到前一天,方舟冲出旅店,漫无目的地走在街上,却看见路边有两个熟悉的人正在买奶茶,她上前打招呼:"嘿,安时,叶子。"

预想中的热情没有出现,叶子一副非常警惕的样子。"你认识我们?你是谁?"她狠狠地掐了一下言安时,"你是不是出轨了?"

方舟有些惊讶:"前段时间我们一起吃过饭,文山路6号。"

言安时大喊冤枉,后退几步,离方舟远远的:"什么文山路武山路,不懂你在说什么。姑娘,咱俩可没见过,你不要陷我于不仁不义啊。"

方舟愣了好久,直到言安时和叶子离开也没回过神来。

与此同时,旅店里,陆昊喆正疑惑地看着K:"你说失忆?这怎么可能?舟舟记忆力非常好,很多年前的事,细枝末节全记得。"

K盯着他,双眼瞳孔变幻莫测,陆昊喆神情逐渐恍惚,K的声音钻入耳膜。

"你只要走出这扇门,剩下的交给我就是了。"

时间回到现在。

陆昊喆背着背包,提着两个大行李箱艰难地从楼上下来。

方舟凑近K:"出门就会忘掉旅馆发生的一切。K,你不是人类,对吧?那天你不是来听我诉苦的,是来帮昊喆离开的。"

K没有回答这个问题:"如果方小姐愿意,我也可以帮你彻底离开。"

"算了,相同的事不断重来,一遍又一遍,一辈子也就过去了。"

"或许吧,但他没走,不是吗?"

方舟脸上泛起一丝笑容:"对,他没走。"

方舟走上前,帮陆昊喆推着其中一个行李箱。两人走出旅馆大门,沿着外围的红砖墙走着,走到拐角处时,他们的神情都变得有些恍惚。此时墙角有一只橘白猫吸引了他们的注意力。它正在逗弄一只老鼠，抓住又放开，绕圈观察。老鼠左冲右突却毫无出路。陆昊喆饶有兴趣地看了一会儿，方舟吓得直推他往前走。

"快走快走，老鼠有什么好看的。"

"这猫也太坏了，要把老鼠玩死了再吃。"

"你订的酒店里不会有老鼠吧？"

"放心吧，这次婚前旅游，我可是做了十足的攻略，你肯定会喜欢的……"

他们的声音和背影都逐渐远去，红砖墙角的猫和老鼠的身影出现闪频和掉帧，刺刺几声过后，两只小动物都消失了。

旅馆中，K陷入真正的迷惑。他打开电脑，点开文件名为"斯德哥尔摩第十三例样本"的文档，快速翻到最后一页，犹豫了一下，在结论那一行打上了两个大字：暂无。

Chapter

Nine

奇异博士

错过了你 我快没时间
再看你一眼 好好说再见

人一清醒，
关于梦的记忆就渐渐地
消退了，
但那些曾经被忽视的，
此刻却记忆尤深。

FALL IN GALAXY

奇异博士

ⅡⅠⅠⅠⅠⅠⅠ ⏮ ⏸ ⏭

今天还是 8 月 16 日，天气晴转多云转暴雨。

早起是晴天，有些晒，需要把伞提前放到门口，不然她会忘记带。伞最好是两用的，白天可以防晒，晚上可以防雨。晚餐去她说过几次却一直没去成的西班牙餐厅。一定要在上午就打电话预约好，因为这一天的人会格外多。打过了电话，要把洗衣机里的脏衣服洗干净，同时要打扫好整个屋子，要再拖一遍地，一定要很细致，尤其是注意清理凌晨打碎的玻璃杯碎渣。之后要整理好所有的垃圾，放在门口原本放伞的位置。然后是订电影票，座位要靠后，落在家里的外套也要给她带上，晚上会冷。出门前把花订好，等路过花店的时候，可以顺便带上，然后带上礼物。最后，还要重新检查一遍屋子，窗户关好，灯关好，空调关好，门关好。

一气呵成，很熟练。

"所以，一切都准备就绪了吗？"
"这次绝对没有问题了！"
我自言自语，且信誓旦旦。

花店离餐厅不远，步行几步就到了。她正坐在我订好的座位上，在卫生间旁边，脸色说不上好也说不上坏。一时间，我感觉不妙，看着其他情侣拥坐在窗边美美地听着雨声，而她却在听着马桶抽水的声音。

我用花遮住自己的脸悄悄走了过去，也不是为了给她惊喜，主要还是为了化解这份尴尬。她倒没什么不开心，接过了花。

"生日快乐！"礼物在花中间，是一个方方的盒子，里面是那条宝石项链，一定没有问题。

"好看！"她盯着项链沉默了好一阵，才说了第一句话。

说真的，她并不是一个沉默寡言的人。我们第一次见面的时候，她的话就特别多，很悦耳的那种多。虽然我已经不记得她具体都说了些什么，但绝对不是现在这个样子。

怎么说呢？不妙的感觉，但不是预感，而是我经历过的那种熟悉的陌生的感觉。

"你等了多久？"

"大约有八个人去过卫生间那么久。"

好犀利！我心里暗暗感叹，嘴上什么也没说。

我们就这样彼此对视着，直到卫生间里传来了醉汉跑调的歌声，才突然哈哈对笑起来。

"也没多久啦！我也没想到会提前收工，就提前过来了。服务员说只有这个位置了。挺好的，你要是没提前订，我们还要在外面排长队。"

她不再那么拘谨和疏远。我也渐渐放松下来，献宝一样说着今天做过的事情，期待她能高兴起来。她确实挺高兴，笑嘻嘻的，但桌子上的食物一口没动，眼睛却始终盯着我，一刻没有放松。

我反倒有些不安，想要试探她的态度："我做得不够好是吗？"

她笑嘻嘻地摇摇头："没关系的。你已经尽力了。"

这话听得特别让人不舒服，我瞬间有些泄气，身子整个倚靠在了沙发上，不想去看她努力放松、试图安抚我的样子。那个样子，其实我已经见过了。

很多次，重复的夜晚，重复的压抑。

"如果位置不是订到卫生间门口，你是不是会开心点？"我还是不死心。

她摇摇头，把项链推了回来："这些都不重要了。"

"那什么重要？"

"你以后也要这么好好的，照顾好自己！"

她眼圈有些红，是有不舍的，但我知道，她内心是坚定的。似乎像自虐一样，我没有回答，只是等着她说出那句我都能背下来的话。

"我觉得，我们还是应该分开。"她说了出来。

她穿上了我给她带来的外套。

"你不快乐吗？"我问她。

她想了想，一时间不知道该怎么回答。

"你是从什么时候开始觉得跟我在一起不快乐的？"

"大部分时候都是快乐的，都是很珍贵的。"这一次她的回答毫不犹豫，仿佛没有任何矛盾一样。

最后她走了，出门右转消失在了雨中。

我一个人去了电影院，旁边的座位空空的，放着早上我让她带的伞，她没有带走。

电影开场之前，我在想，一个人的一生会被分手多少次？别人我不知道，这已经是我被她提出分手的第18次了，每一次都是8月16号。

是的，我可以穿越时间。

在第17次之前，一切分手都是有迹可循的：第一次是忘记了她的生日；第二次是没有提前订餐厅，排队的时候被淋成落汤鸡；第三次是家里太乱；第四次是地上没擦干净，她摔倒了……林林总总，最后都会成为她分手的理由。

唯独这次，我才突然明白，让她想要分开的根本原因，或许从来都不是这些小事，而是那些根深蒂固的看似短暂的不快乐战胜了所有珍贵的时间，让她想要离开。

我打开了项链盒子，手按在宝石上，沉思了一个广告的时间。

我不想一个人看电影，我希望她能在电影开场之前回到我的身边，跟我一起看完这场电影，之后继续过着琐碎又平常的日子。

我愿意回到过去，抹掉那些让她不快乐的事情。

宝石启动了时间穿越的轨道。

这一次，我不想再回到8月16号。我在心里默默想着一个日期。那一天是我们恋爱这么久，第一次吵到几乎要分手的时间。或许那一次吵架，才是今天分开的症结所在。

4月3日，天气雨转晴。

事实证明，一个时空穿越者，也是有可能记错时间的。

"我饿了！"她窝在我的怀里，哭得泪眼蒙眬，却还在喃喃自语地撒娇。

屋子里说不上一片狼藉，但隐约也能看到些争吵过的痕迹：她最喜欢的玩偶在狗窝里，我最喜欢的手办有些搞笑地头朝下，插在花盆里。

我来迟了，我们已经经历完争执、吵架、崩溃、闹分手、不舍、又和好的全部过程了。

现在，似乎进入了一种激烈争执后的极度不舍期。

饿，就是一种最好的示好信号。还有什么事，能比一起吃一顿好吃的更能联络感情的？

由于心急，我穿着很随意地出了门，走在去给她买好吃的的路上，还时不时跟她互发着消息。

很快乐，真心实意的那种快乐。虽然我不想逃避，虽然我时刻记得从此刻开始，未来四个月后，她会和我分手。但此时此刻，我是真的很快乐。我知道她也是。

她喜欢的水果、小吃，我喜欢的快餐，一一买好。之后我去了花店，可能是为了规避不祥的感觉，我没有买未来分手时的玫瑰，而是买了一束百合。

我被停在了这段时间里，这段快乐的温柔的时间里。

事实证明，虽然经历过一遍，重新再看，却还是能够发现一些曾经没有发现的细节。好比看电影，永远都是看第二遍时才能更理解。

也好比，此刻，晚上7点50分，我们坐在餐桌前，看着电影，吃着好吃的。这样的感觉很微妙，明明是穿越回来的，但我却处于记得与不记得之间。

我大概记得电影的下一个情节是什么，也就失去了好奇心，但若说多么清楚却也达不到，但不要紧；吃什么也不要紧，即使不穿越，我也会吃那些吃过的事物。比起这平和的时刻，我记忆更深的似乎是我们争吵的时候，也就是我未及穿越的前一天——4月2号。我们为了什么争执、她如何伤心，过了多久我都记得清清楚楚，内疚不已。

她也会记得吗？所以才会渐渐失望跟我分手吗？

这一次我没有看电影，而是悄悄盯着她，试图找到些蛛丝马迹。虽然屋子很暗，电影投在脸上的光有些泛蓝，但我却看出她补了妆，应该是在我出去买东西的时候，她遮住了泪痕，涂了淡淡的口红。此刻，她笑嘻嘻的，全然不见之前伤心难过的样子。

我心里有些惊讶，惊讶自己之前竟然毫无察觉，她这样没心没肺笑起来的样子真的很好看。再是那玩偶、手办，它们依靠着，被安放在阳台上，温馨相伴的样子，也是我之前没有察觉的。

我努力回忆自己穿越前的此刻在做什么，但早就失去了记忆。我似乎从预想的全知全能，渐渐坠入快乐的、迷糊的梦幻里。

她真的好厉害，此时此刻，我只能感受到她给我的快乐，以及她真的很美。

而我，却不知所措起来。

"你说，男主角和女主角最后还会在一起吗？"她看着电影突然开口问我。

我突然想起，上一次她也是这么问我，我当初信誓旦旦地告诉她一定会。但电影的结局却并不如意。我有些警觉起来，又或者是不想破坏这份快乐的氛围，只是沉思了片刻，就暂停了电影。

"只要不看到结局，他们就是一直在一起的。"

我说完就后悔了，想要说点什么再弥补一下，不想她却扑哧一声笑了。

"掩耳盗铃！"

她说的是我，还是我穿越的行为？似乎都对得上。

电影就这样停在男女主最快乐的时候。我也想如此，不想再管什么项链、宝石、时间，就想被困在这里。

直到我昏昏欲睡的时候，我听到她似乎在偷偷地跟我说着什么。从前没有留意，但这一次，我却竖着耳朵听。

她轻轻摸着我的脑袋说道："我永远不会离开你，我会一直陪着你。"

这并不是她第一次跟我说这句话。

1月10日，天气阴。

"我永远不会离开你，我会一直陪着你。"

这是我第一次听到她这样跟我说，地点是医院病房外的走廊。

她坐在我身边，妈妈躺在病房里。

看似可以操控的时间其实也是有所限制的，而这份限制便是我和她之间的关系，似乎我只能穿越到和她感情有重大变化的时间节点。或许是因为第一次穿越，之后便不得不遵循这份规则。

也是此刻，我才突然察觉到自己的自私。我一直以为，自己的穿越是为了消弭女友的不快乐，是为了挽留我的爱情。

但其实，我只是在拯救自己孤独、无助、充满歉疚的感情。这样的感情，需要得到我在乎的人的宽恕。

而我在乎的人，不止我的女友，还有病房里，我的妈妈。

"我永远不会离开你，我会一直陪着你。"

女友的话还在耳边，但我却分心了，不受控地，回到了这个时候。

隔着玻璃，可以看到妈妈睡着了，但我却不敢上前确认。因为我非常清楚，妈妈已经陷入昏迷，一直到去世，都没有再跟我说过话，也没有再看看我。

女友的手放在我的后背上，周围的人也在一旁安慰我。

我记得当初我也曾寄托于他们所描述的希望中，妈妈或许会醒来，可能需要一点时间，但最后一定会好起来。

但此刻，我只觉得他们的声音有些聒噪！

我进了病房，将女友和其他人都关在了门外，安静地坐在了妈妈身边，握着她的手。

"我回来了！"

这开场白，我自己都觉得有些奇怪。从哪里回来？从未来回来？从没有妈妈的日子回来？从没有任何人在我身边的时候回来？

我突然想到小时候，每天到家，我打开门的时候，都会这么喊上一句："我回来了！"

病房里唯一的香气是鲜花的香味，不是记忆中晚饭的香味。

"我回来晚了，对不起。"

没有嗔怪，没有责备，我已经长大了，妈妈也睡着了，不会再有人管着我了。

但我真的，非常痛苦。

病床旁的桌子上摆着照片，是笑着的妈妈，背景是夏威夷。

我记得，妈妈很想让我陪她去夏威夷，但我一直没有时间。照片的背景，是妈妈自己PS上的。

愧疚感并不是一种铺天盖地的、朦胧的感觉，而是会经过时间，幻化成具象的、现实的质问，不断地折磨、敲击着人的内心：我为什么没有在来得及的时候，带妈妈去夏威夷看看？

我掏出宝石项链，默默地许愿，希望回到一切还来得及的时候。

一次。

两次。

三次。

十次。

百次。

千次。

1月10日，天气阴。

"我永远不会离开你，我会一直陪着你。"

眼前的女友，她很担心我，不住地安慰着我，生怕我想不开。

开头始终都是这一幕。这样的重复，让我渐渐有些恼火，也渐渐背离了初衷。

"你做不到。"我有些冷漠。

女友一愣，没明白我的意思。

我没再理会，随即起身，进了妈妈的病房，依旧关上门，将其他人隔绝开。我听到门外大家在安慰女友，说我现在情绪太激动、难过、绝望。

难过是真的，绝望也是真的。

只是这份难过、绝望，我已经不知道承受了多少遍。我始终无法跨越时间的禁锢，永远只能穿越到妈妈昏迷之后。

和以往不同，一个人如果想要在一个电影里寻求一个答案，十次以内，他或许会渐渐记住所有看到的细节。但如果是百次、千次，甚至万次，那么他想要看到的，或者说在这么多庞杂的信息里，他想要捕捉的，可能只是他一直执着的那个点。

我想穿越到妈妈没有彻底昏迷的时候，却失败了，一次又一次。

"你做不到。"

这不是说给女友听的，而是在嘲讽我自己。

"对不起。"我暗暗对昏迷的妈妈，也对门外的女友说道。

我开始抽离出当下的处境，像一个不应该存在的人那样去思考。为什么女友会和我分开？可能因为我是一个会给别人带来遗憾的人，我没做到的事太多太多太多。

我曾迫切地想回到母亲清醒的时候，带她去夏威夷。我想听她说，她已经没有遗憾了。我想得到她的宽恕。

但妈妈还是睡着，没有醒来。

陪在我身边的女友，虽然此刻是爱我的，但未来，她也会因为我的痛苦而痛苦。

我试图拯救妈妈，还有和女友的关系，却都陷入了死胡同。

我以为自己是个奇异博士，能够穿越时空，改变一切。但最后我像大多数普通人一样，没有做出任何惊天动地的改变。

失去、遗憾，在未来或许会让我渐渐变成另外一个人，一个无法带给别人快乐的人。

我不应该如此，尤其是对待我的女友，不该如此。

我推开门，走了出去，拥抱了女友。我知道她是理解我的愧疚和痛苦的。

"你想去哪儿？"我突然问道。

女友有些发愣："什么？"

"你有没有想去的地方？"

女友愣了愣。

"趁着有时间的时候，我们一起去。"

女友了然，抱紧了我。

"夏威夷。"她说。

1月11日，天气晴。

夏威夷原来也不是很热，沙滩硬硬的，像瓷砖地，很安静，没什么人。阳光？一股消毒水的味道。

我也是愣了许久才知道自己身处何地，感觉一个人有些孤独和恐惧。我在沙滩上，一直漫步，一直漫步，寻找内心里可以依靠的人。

就这样一边走着，一边想着，就远远地看见了女友的背影。

我很快乐，又有些着急，越发努力地迈着步子。

突然一群穿着黑漆漆衣服的人把我围住，面容有些恐怖。他们七嘴八舌地说着我听不清的话。

透过人群，我又看到了远处另一边的妈妈。

可是，妈妈和女友却越走越远。我很着急，试图推开人群追上去，却猛地，醒了。

我在医院的走廊里。

原来一切都是梦。

女友不在，眼前只有一群亲戚。我一时间有些惊恐和茫然，只觉得心里空荡荡的，这是什么时候？

妈妈呢？

女友呢？

但耳边只有他们和梦里那群人一样的话语。

"丧葬的事情，还是要备一备的。"

"墓地选在哪？"

"丧葬乐队也问问吧。"

"车队呢？"

我感觉脑子里一片空白。

"我妈呢？"我问道。

周围的声音太杂乱，没人听到我说话。

我来得更迟了？妈妈已经去世了？

直到病房的门猛地打开，女友走了出来，周围的人才一瞬间陷入死寂。

我顺着门，看到妈妈就坐在病床上，清醒的，对着我摆手。

我呆呆的，眼圈红红的，走近门口，看着面前的女友。

跟上一次穿越之前的今天，一模一样。

此刻，我才发现，以前只觉得很悲伤很难受，但这一次，再看见女友的脸和她的眼神，我才突然明白，悲伤、痛苦的人，并非只有我自己。

"她还在，她还活着，你们怎么就可以聊后事？"

其实她并没有把这句话说出来，但我看得出这是她的感受。但我又明白，她是理解和心疼我的。

女友就这样一直看着我，我也看着她，然后她轻轻抱了抱我，走了出去，关好了门。

留下了我，和醒着的妈妈。

我以前对死亡，是没有切实概念的。

第一个离世的亲人便是我妈妈。似乎因为深陷穿越太久，我早就被时间操控，直到这时我才想起来，此时，是母亲还留有意识的最后一点时间。

这次，是我跟她的最后一次对话。

我再次坐在妈妈的床边，张张嘴，却不知道该说些什么。

现在想想，或许当时的痛苦、悲伤本身是一种保护，保护一个人面对死亡时不被绝望压垮。而这一次，穿越的又一次，我还是不知道该怎么说出自己的感受。

"夏威夷，我们去夏威夷吧。"说完，我的眼圈就红了。

妈妈拉过我的手："刚才你女友还问我说，等我病好了，想去哪玩，我就说夏威夷，她说要陪我去。"

"那我们就去吧。"

妈妈摸了摸我的头:"我是不是快不行了?"

我努力挤出笑容,拼命摇头,想要说什么,却被妈妈阻止了:"妈妈知道,这已经是你回来的第一千四百万零六百零五次了。"

我愣了愣:"有这么多次吗?"

妈妈点了点头:"如果不是我去世了,你怎么可能会不断地穿越回来?"

我说不出话,心被揪着一般疼,感觉自己什么都没做到,没有办法给妈妈更好的安慰。

"你会生我气吗?"我还是忍不住问道,像一个孩子。

妈妈哈哈笑了起来:"会,如果你再回来,我就会生气。"

"为什么?"

"人不能为了过去,放弃未来。"妈妈看着我,笑了笑。

"夏威夷挺好,但不去也没什么。我们一起去过别的海边,也爬过山,上周还一起看过电影,吃过零食。"

"你不是想去玩吗?想去夏威夷。是我一直忙,没有时间。"

妈妈摇摇头:"我只是想要你陪着我啊!如果你肯陪着我,一起喝口汤,都是快乐的啊。"

我垂着头,眼泪不断地掉落在床上,妈妈摸着我的头。

"未来，你是什么样的？过得开心吗？"

我点了点头。

"是不是少了点什么？"

我又点了点头，却又哭又笑起来："你怎么这么了解你儿子？"

妈妈也是哈哈大笑，嗔怪地看着我。

"你是我生的，我还不懂你！你就是想得太多，太复杂了。"妈妈抱了抱我，"就这一次了，就好好告别。这辈子我没有遗憾，我希望你也不要有。"

我点了点头。

如何才算告别？

如何才能学会告别？

如何才能不留下遗憾？

纵使穿越过太多次，此刻的我，依然还是手足无措，且痛苦着。

我扶着筋疲力尽的母亲躺下，她合上眼，听我说着没有她以后的世界是什么样子的。

那个世界的我，和女友，和同事，和一切一切。顺利的，困惑的，艰难的。

所有的一切，我都说了。

像小时候，我手舞足蹈地跟妈妈讲学校里的事情。

妈妈有一搭没一搭地回答着，但始终都是笑着的，直到她慢慢睡着。

"我要睡了，放心，我特别幸福。"

我擦了擦眼泪："妈妈，谢谢你，我一定会好好的。"

妈妈陷入了沉睡。

我知道，她再也不会醒来了，而我的时间旅行也到了尽头。

我推开门的那一刻，女友就站在门外，眼神里情绪很复杂，有悲伤，有心疼，有理解，也有爱意。

我们俩面对着面，都没有开口。

我知道，可以穿越回来，是因为女友说出了夏威夷这个节点，而这个地方，是妈妈告诉她的。而我之所以知道，也是很久之前，妈妈告诉我的。

一切都像一个莫比乌斯环，看似启动一切的是关键词，其实是我们对彼此的爱。

我的妈妈,是爱我们的。

女友是爱我和我妈妈的。

我是爱女友和我妈妈的。

虽然我们最后分别了。

虽然我们都有没有完成的心愿。

但最后,我们都学会了告别。

我已经不想再去改变什么了。

虽然没有足够明确且具象的证明,但我已经明白,过去那些不快乐和快乐紧密相连,都成了最珍贵的回忆。如果去掉了不快乐,可能快乐也不复存在。而这一切都构成了一个人的记忆,是我所珍重的一切。

我抱住女友:"对不起,是我没有做好,是我让你失望了。"

女友的眼泪落在我的肩膀上,她毫不犹豫地、紧紧地抱住我。

我知道,我们曾经真的深深地爱过彼此,曾经牵挂、纠缠、动容过。

8月17日,多云转晴。

电影片头曲,惊醒了我。

因为是午夜电影，当最后一个广告播完，就已经过了凌晨。

我看了看时间，8月17日。

女友提出分手之后，在16日到17日的这段时间里，我做了一个长长的梦，梦到自己拥有了时间宝石，可以穿越回到过去，梦到了女友，也梦到了妈妈。

我哭了。

人一清醒，关于梦的记忆就渐渐地消退了，但那些曾经被忽视的，此刻却记忆尤深。

我身边的座位依旧是空荡荡的，但我已经没有那么悲伤、质疑和焦虑了。

瑕疵、遗憾，并不能否定我们曾经爱过、存在过。快乐与不快乐交叠，才是人生完整且真挚的全部。

离开电影院的时候，我站在门口，想等雨小一点再走，却看到马路对面有女友的身影。她侧着头，看向远处，并没有发现我。

我像大多数普通人一样，曾经幻想能够穿越时空，改变一切。

但最后我也像大多数普通人一样，没有做出任何惊天动地的改变。

我只是多了很多份回忆，每一份里都有你。

从过去，到未来。

我像这个世界上大多数普通人一样，失去过，挽留过，爱过。

FALL IN GALAXY

Chapter

Ten

银河里
拥抱

为了你 漂流在
每一世的银河

就好像,有一个人在这昏暗的银河里与K拥抱,最后又在他怀里化成了灰烬。

FALL IN GALAXY

银河里拥抱

(◀) (Ⅱ) (▶) ⅠⅠⅠⅠⅠⅠⅠ

他在今夜离开地球,

即将穿过漫长的宇宙航线。

回到记忆里已经模糊、

只有数据清晰标注的

K-PAX 星球。

那是他来的地方,

距离地球十万光年。

这是一场孤独的回归。

唯有记忆是温暖的，

却又是容易消亡的。

砰！！！

一声低沉又强烈的震动冲击了整个飞船。

红色、橙色的警示灯交替闪烁着，警报语音也接踵响起。

"飞船遭到强烈震动的袭击，将改道飞行。飞船开始安全检测，一次检测……二次检测……三次检测……"

K在驾驶舱中被惊醒了，关于回家的短暂梦境被打断。等他睁开眼，飞船里一片凌乱：闪烁的灯光、摔落在地的杂物，还有耳边不断回荡的有些尖锐的警报声。

他手动操作按键之后，灯光终于由红色、橙色恢复成了惨白色，照在K的脸上。

警报也停止了，飞船里恢复了平静。

"已经检测完毕，飞船未受到影响。请问是否要探测震动来源？"

K捡起散落在地上的书、杂物，那是他从地球带走的俗称"研究物"或者"纪念品"的东西。一一放好之后，K透过一整块玻璃看向飞船外面，有星光，有月球，还有地球湛蓝的影子。只是这个影子越来越小，越来越远，再过一阵，就再也看不见了。

K和飞船即将离开太阳系了。

"请问是否要探测震动来源？"语音又重复了一遍。

K犹豫了一下终于开口："探测震动来源是否为地球！"

检测需要花点时间，K静静地坐着，看着外面。其实他有很多工作要做：整理备份研究地球的数据资料；检查飞船所有的运作设备，检查冷冻仪器是否正常；做好离开太阳系后就将自己冷冻起来，交由飞船进行自动驾驶的准备。

只是，他什么也没做，就这样等着，跟大多数的地球人一样，不情愿地却也静静地等着一个想要或者逃避的结果。

K其实已经开始在想，自己是不是真的想要离开地球。

嘀嘀嘀的声音响起，这意味着探测到了信息。

"已经完成探测，震动源头——月球。月球地震，亦称为'月震'，此次持续时间已过一小时三十分钟，现无余震。"飞船内的电脑语音给予说明。

"不是地球？"

"不是。另外捕捉到了一段固定频率信号，请问是否接收？"

固定频率信号？极有可能是人类发出的。

K想了想。

"接收。"

"好的,正在接收。"

片刻之后,一阵虚弱的女声传来:"请问是有人接收了信号吗?这里是月球,C星人求救,月球发生了月震,我的飞船损坏了,请求过往飞船营救……月球发生了月震,我的飞船损坏了,请求过往飞船营救……"

K几乎没有犹豫,就打开了飞船的语音信号传送装置,开口回答:"收到求救信号,收到求救信号,请详细说明情况!"

片刻之后,却不见回复。

K再次开口:"已经收到求救信号,请详细说明……"

"这里是月球,我能听到。太好了,太好了!这里是C星人,宇宙探索登记编码为YC3521号,一名女性。因严重月震摧毁了飞船的启动器,我需要帮助。你是地球人吗?是地球飞船吗?"

K快速测算了一下到月球所需要的飞行时间:"这里是K星飞船,K星人收到求救信号,愿意提供帮助。飞行到月球所需要的地球时间为三十三分钟。请问是否有人受伤?"

"我受伤了。"C星人的声音有些微弱,"我很害怕。"

K快速起身,一边穿着宇航服,一边安抚着C星人:"请躲在安全地,不要害怕,远离月震中心,不要遗失通信工具,我将根据信号发射点来定位你的位置。"

K一层层套着宇航服，见对方没有及时回答，想着C星虽然不是他的探测地，但他知道C星的存在。

"谢谢，谢谢您。您不是地球人？是K星人？"C星人终于回答。

"是的，我是K星人，编号YK2457。"

"好的，好的。"声音有些虚弱。

K的飞船随后陷入死寂，只有机器传来微弱的震动声。月球上的C星人也没有再发出声音，就像不存在了一样。

终于穿好沉重宇航服的K抱着头盔，坐回到椅子上，向外看去。飞船已经更改了航道，渐渐靠向灰秃秃的月球。

"请……保持清醒。"K忍不住再度开口。

对面还是沉默，随后突然发出一声痛苦的呻吟。K松了一口气，因为C星人还活着。

"请……"K刚要说些什么，被对方打断。

"我还好。"

"你是一个人吗？是去地球吗？"C星人问道。

"我是一个人，不过不是去地球，而是要离开。"K想了想又补充道，"说一说你的情况，尽量保持清醒，不要睡着。"

C星人一声微弱的叹息传了过来:"你真的不是地球人吗?"

K有些疑惑,不明白她为什么一直在纠结这个问题。

"你见过地球人吗?"她又问道,"能跟我说说地球人长什么样子吗?我听了能保持清醒。"

K犹豫了下,突然不知从何说起。虽然他已经在地球生活了很久,但还是不知道作为一个K星人如何向另一个星球的人描述地球人。

"地球人聪明吗?是高等智慧文明吗?"C星人又追问道。

K想了想,说:"聪明,算太阳系里的高等智慧文明。"

"真好,我就知道应该来这里。我的伙伴们有的选择去了人类称之为'GN-Z11'的婴儿星系去考察,还有的去了人类文明都未曾记载的、名为'诧女宇宙'的波水星系。他们都不想来太阳系。"

"嗯。"K不知道该回答什么。

"你叫什么名字?"

"K!"

"K,你在地球待了多久?"

"见过了几代地球人的生死,但似乎还不够久。"

"确实,星系实验,只观察几代生命,确实不算很久。"

"嗯。"

两人又一次陷入沉默,K听到那边传来咳嗽声。

"你为什么选择来太阳系？"K问道。

"因为地球人和C星人一样，都是碳基生命，会呼吸，需要氧气。K星人是碳基生命吗？"

"也是，也需要氧气。"

"真好。你有察觉到吗？"

"什么？"

"我们一直在用地球语言沟通。"

K笑了一下，自己已经习惯，或者也不是习惯，而是顺应规则——在太阳系里就要说太阳系的语言。

"我用了非常久的时间，学了地球上几乎所有语言，汉语、英语、俄语、德语、法语，等等。"C星人喃喃自语，"但一直不知道自己学的对不对，不过跟你说话，感觉自己学得很好。"

"你去地球，为什么会在月球降落？"K问道。

"我们飞船自动驾驶的终点是月球，我在月球结束冷冻，然后再手动驾驶去地球，没想到会遭受月震，飞船也坏了。你能再多说说地球上的事吗？我感觉……有些困。"C星人请求道。

K犹豫了下："地球环境情况不好，全球变暖，污染严重，生物在不断灭绝……"

"我是说地球人，人身上的事，小事，就跟……我在书上看到的那种，《地球人类科普知识》介绍的那样。"

人？人身上的事？小事？

K想了想："我昨天晚上离开之前，去买了很多人类的食物。"

C星人的笑声传了过来，哆哆嗦嗦的，显然她身体有伤，很疼。

"好吃吗？"

K笑了笑，看着桌子一角堆得高高的食物："一开始无法接受，不过后来就习惯了。"

"你见过的第一个地球人，什么样子？"C星人又追问道。

K回忆着。刚进太阳系他就醒了，然后晚上直接降落在了地球上，一个城市郊区的湖边。

"我刚来地球的时候，一下见了一堆人。"

"一堆人？"

"嗯，我刚到地球就做了一个实验，在一个酒吧。你知道酒吧吗？"

"知道，这些常识，我还是懂得的。"

"我当时在做人类的感情实验。在一个酒吧，观测随机进来的人，推断他们是否有感情。最后我控制了一男一女两个人，进行了问话。"

"问什么？"

"人类的感情。我以为那是错误的假象,但最后证明,人类确实和地球上其他的生物不一样。"

"其他生物没有感情吗?"

"也有感情,地球上很多动物都有。只是它们不会像人类那样去思考自己存在的意义,更不会像人类那样违背动物本性去行动。"

"我没听明白。我看到的是,人类面对地球上其他的生物,会把自己定义为神一般的存在。"

"可能会吧,但是神会拥抱自己的宠物吗?我看过很多地球人会抱着猫、狗散步。"

"所以那两个被你控制的人说了什么?"

"说了人对于自己感情的困惑和思考。"

"有答案吗?"

"没有。不过没有也是一种答案,说明他们会随着时间不断对自己的感情进行更深的思考。"

"有限的时间,能做出多少思考?地球人的生命太短暂了。"

听到C星人的话,K也有了些他本没有的感叹,因为K本来是冷漠的,只是在地球待久了,学会了很多情绪的表达:悲伤、喜悦、恐惧、焦急,还有感叹。

"是啊,地球人的生命太短暂了。"K想了想,又开口,"所以我帮过一个人延续了生命。"

"什么?"C星人好奇地问道。

"他的母亲去世了,他的女朋友消失了,他想回到过去改变一切。"

"你帮他穿越了时间?"

"嗯。"K继续说道,"我给了他一个项链,带着它就可以穿越时间。"

"K星人有这么神奇的设备?"

K想了想,说:"那是K星人回家的钥匙。我只有通过这条项链才能回到我离开K星的时间点,然后重新活一遍。"

K继续讲着那个地球人:"那个地球人回到了过去,只是一开始,他什么也没能改变,总是无法回到他母亲清醒的时候,重复穿越了无数次也没有成功。"

"你说得对。"

"什么对?"

"你确实帮他延续了生命,但我猜这并不是他想要的。"

"你知道?"

C星人笑了笑:"我觉得,C星人和地球人有些像,我们也是有感情的。如果他找不回母亲和女友,那么漫长的时间对他来说,也是没有意义的。"

"是的,他想救活自己的母亲,挽回自己的女友。"

"这真是难题,我们也解决不了。虽然C星人的生命比起地球人来说长很多,但死亡和分离都是不可避免的。"C星人顿了顿,"就像,我感觉,我可能会死在月球上。"

K不禁安抚她:"可以改变的,那个地球人做出了改变。"

"啊?"

"他找到了对他来说有效的穿越规律——感情。"

"我不明白。"

"他为了感情穿越回去,就会停止同时间的重复,找到想去的时间节点。他只要意识到自己做过的伤害女友的事是在什么时候、忽略了母亲说过的话是在什么时候,就会回到相应的时间点,阻止伤害发生。"

"然后呢?"

"他说了一个叫夏威夷的地方,他母亲很想去,但他一直没有陪他母亲去。"

"那后来他去了吗?"

"没有,因为他母亲很爱他,也理解他,并不想让他困在这个时间循环里。"

"那后来呢?"

"他的女友在他母亲去世之后一直陪着他,那些被他忽视的时间节点,他也都找到了。他和女友和好如初,现在还在一起。"

"真好，"C星人有些感触，"所以他母亲也活着了？"

K迟疑了一下，他回忆起那些关于人类感情、生死、存在、消失的话语："物质生命已经消失了，但在感情和回忆里，她一直存在。"

"会被记得，就算是存在？"

K"嗯"了一声，算是回答。

"K星人有感情吗？"

K想了想："在K星，死亡就是死亡，一切都不会存在，也不会留下回忆。K星人会删除关于这个人的所有记忆，而留下更多有价值的东西。"

"什么是有价值的？"

K犹豫了："我也不知道。"

C星人又笑了起来："你变了，你变成地球人了。"

"所以你才会问我是不是地球人？"

"嗯，我相信如果是地球人接收到信号，会来救我的。没想到，来救我的是一个变成了地球人的K星人。那你觉得，K星还会有人记得你吗？"

K摇摇头，却意识到对方看不到，想回答却又说不出口。

"我会记得你的，就算我得救之后，我们分开了，再也见不到你，我也会记得你。"

K没有回答,他还在想C星人的问题——K星还会有人记得自己吗?

会的。虽然自己离开的时候,所有K星人把关于他的记忆都删除了,但是等回去后,他会把自己离开前存下的数据记忆重新传输到每一个跟自己有关的人——父母、兄弟、同事、邻居——脑子里。

只是自己不在的时候,也就是他们不记得自己的时候,他们的生活会是什么样子呢?虽然自己的东西都已经收好,但如果有落下的呢?他们会困惑吗?还有那些自己存在过的照片和视频,不可能被彻底销毁,他们会不会感到奇怪?K突然想到,那些对他没有记忆的人,就算看到了他的照片,可能也不会质疑,毕竟他已经从他们的生活里消失了。

而且,他们应该都已经死了,这场一来一回的航行耗费了太久。即使他回到了过去,也只能将数据留下,却不能改变过去。

这样,或许只是徒增痛苦。

这时,K突然意识到C星人没有再追问自己。

"你还在吗?还清醒吗?"

过了一会儿,虚弱的声音传来:"在,我还在。月球好像又有震动了,我努力走远一些。我现在刚躺下,有些困。"C星人过于虚弱，说不出更多的字。

"你再坚持一下，还有十五分钟，我就到了。"K说道。

"那个人是不是很爱他女友，那个穿越的人？"C星人问道。

"应该是吧。人类有很多感情，其中就包括爱情，而且爱情留下的资料是最多的。"

"你爱上过地球上的女人吗？"

K没有回答。

"看来是爱上了，她也在你的飞船上吗？"

"没有。"K说道。

"哇，看来是真的！那她也爱你吗？"

K低下头检查头盔的设置，没有说话。

"K星人会活很久吧。不过如果你在地球待太久，身体系统会发生变化，最后可能寿命会变得跟地球人一样短。你是因为这个才要回K星吗？"

"不是。"K回答，"因为人类的爱情大多是短暂的，自然而然就会分开。我曾经见过。"

"我不信。"C星人说道。

K看着月球越来越大，还有十分钟他就要到了。

K慢慢说道："我做过人类的工作——出租车司机，做了一年，也是为了试验。这是一个非常好的观察者身份，可以让人几乎没什么防备就袒露情感。"

"怎么袒露？"

"我在前面开车，若有一个人坐在后面，过不了多久，他似乎就会意识不到前面有我，开始打电话，说出很多自己的事。若是几个人坐在后面，他们可能不会打电话，但是过不了多久，他们就会聊起来，聊他们的职业、家庭、感情，还有很多事情。"K顿了顿接着说，"他们说的所有的话里，比重最多的就是爱情；爱情中，比重最多的是分手。"

"说一个听听。"

"我曾经接过一个男人，他抱着一个箱子，一边回头向车后看，一边哭。那时候，我累积的数据还不够多，我只以为是有人去世了。"

"结果不是？"

"嗯，他离开了一个女人。"

"没有死为什么会哭？他可以找下一个女人啊，还可以继续有爱情啊。"C星人有些疑惑。

"因为他就要从这个女人的生活里彻底消失了，他们再也不会见到对方了。"

"但这种没有人死掉的消失，不是好事吗？"

K被问住了。这么说，这样的消失带来的分离确实是好事，远远比人死掉的痛苦小得多，但是K也不是不明白，他努力组织地球语言，试图说得更清楚。

"因为，记忆里已经存在过，感情里也存在过，所有的痛苦都是存在的。痛苦虽然分轻重，但哪一种都不好受。"

"我懂了，重度痛苦就如同被月震震死，轻度的就像我这样，被震掉了双腿。但都很痛。活着的，或许会更痛。"

"是的，活着会更痛。但我会救你的。"K看了看时间，"再有五分钟我就到了，你等等。"

"好。"

K向下看，远远地看到月球上一个小小的破裂的飞船。

"我会死吗？"C星人问道。

"不会的。"

"如果你爱上了地球人，你消失了，你会哭吗？她会哭吗？"

K脑袋里闪现出一个女孩的脸，没有回答。

"如果你说，你要回家，要去很远的地方，或者其他不得已的理由，你又说爱她，那算爱吗？"

K依然没有回答。

"我可以当你是司机吗？"

"你也要说些事情吗？"K问道。

"我爱上了一个地球男人,我没有见过他,是在《人类》杂志上看到了他的故事,我感觉我爱上了他,其实我来地球就是来找他的。"C星人叹了口气,"但人类的生命太短了。"

"嗯,太短了。"K感叹道。

"不知道他还活着吗。"

K没有回答,因为他知道,从C星到地球的时间,那个男人应该已经死了很久了。

"我掉落在月球上就想过,只要不是死亡,任何情况都算是最好的。但你刚刚告诉我,感情很长,对吧?就算他死了,如果我爱他,他就不能算真的消失,对吧?"

"可能是吧。"

"K,我有一个秘密。"

"什么?"

"其实,我不是真的C星人,我只是C星上的一个机器人。你知道我爱上的人是谁吗?"

"是谁?"

"他叫图灵,会测试机器人。我想知道,他能不能测出我是什么,能不能测出我爱上了他。"C星人又叹了口气,"但我感觉,我真的要死了,机器人也可以用'死'这个字吧,如果它有感情的话。"

"我很快就到月球了。"

"K，如果现在，躺在月球上等死的是你，你会想去找那个地球女人吗？"

"即将在一分钟后到达月球，但十秒后，月球即将发生巨大月震，请问是否降落？"

C星人听到了K飞船里的指示，传来了声音："K，谢谢你跟我一样也爱上了地球人。这样，我就不孤独了。"

"降落！"

K话音刚落，一阵剧烈的震动声传来，飞船也晃动起来，红橙交替的警示灯再度闪烁起来，警报也不断地响起。K看向窗外，只见月球上一股巨大的灰浪席卷而过，C星人的飞船一瞬间变成了碎末，而灰浪继续向前，向前，直到荡平一切。

飞船终于降落，K走了下来。

轻飘飘的月球上好像什么都没有，只有一些碎裂的残渣飘来飘去。

C星人的定位信号已经消失。K茫然又绝望地走着，直到看见一个断裂的、已经被磨掉了表皮，甚至不能发出声音的机器人残件。残件上微微闪烁的黄色故障灯，证明她似乎还留有意识。

K摸着机器人残留的半个脑袋。

一点声音都没有。

黄色故障灯闪烁得越来越弱。

K看着这个跟他一样，在太阳系里格外突兀的"生命"一点点在流失。

K掏出了自己的项链，戴在了机器人的半个脑袋上："这个给你。"

没有声音，只见黄色故障灯闪烁频繁起来。

"想着自己的感情，穿越回过去，去做你想做的事。回家，找图灵，救自己，都可以。"

K轻轻地拨动了项链，项链发出的光包裹住了机器人。

与此同时，一阵巨大的余震袭来。K彻底晕了过去。

昏迷中，他似乎看到那个C星机器人消失了，但那个地球女人却走到了自己面前，她在问自己。

"K，如果现在躺在月球上等死的人是你，你会想回来找我吗？"

K伸出手拉住她，女人跟他拥抱在了一起。

"会。"K喃喃回答。

"氧气含量不足。"K在昏迷中被警报惊醒，他赶紧起身，四下查看。

"月球上没有任何生命,你的氧气已不足,请尽快离开。"

K迷迷糊糊的,头盔里充斥着警报声。他忘记了很多事,甚至忘了自己是怎么来到了月球,他只记得有人问他:"K,如果现在躺在月球上等死的人是你,你会想回来找我吗?"

K跌跌撞撞回到了飞船里,启动离开。

"请重新设定目的地。"

K摘下头盔,大口喘息着:"地球。"

飞船更改了航道,转而飞向了湛蓝的地球。

K脱下宇航服,发现上面布满了灰尘,胸口还粘有通信器碎片和一片机器人的神经碎片。

K试图回忆着,虽然他可以调取之前飞船里所有的资料,弄清自己落到月球之前究竟经历了什么。但K还是控制不住地想努力回想起来。

就好像,有一个人在这昏暗的银河里与K拥抱,最后又在他怀里化成了灰烬。而灰烬最终都会洒在地球。

我们都将在那里相爱,消失,死亡。

FALL IN
GALAXY

Chapter

Finally

K的自述

在我的星球上

不分开始和结束 往往开始就是结束

没有线性的故事

不分序章终结

如果有结束

应该是从我开始想成为一个地球人开始的吧

这是我身为 K 的结束

我羡慕人类

我羡慕这星球上的人们

我羡慕人类的拥抱 羡慕人类的眼泪

羡慕人类能为了宇宙原本即具有的重复性运行规律而冠以奇迹之名兴奋莫名

特别是拥抱

一个多么奇怪的行为

两个碳基生命体交叠缠绕

是件多么怪异的事

在我的世界里

没有拥抱 没有爱情

没有家庭 没有朋友

没有梦想 没有希望

没有陌生人之间忽然无以名状的感动

是的 没有感动

你们作为生命如此短暂的物种

却那么喜欢感动

难道不知道这些感动的行为会造成自己加速运转 躯壳会提早消亡吗

照你们的话来说

你们果然是不太聪明的物种

但 这样的无知好迷人

为了一个香味而流连忘返 在短暂的余生徘徊好迷人

为了思念一个人而想穿越时空好迷人

虽然 当你们发现真正的穿越是如此无趣的时候一定会后悔

为了自己爱的人日夜奔波汗流浃背好美

为了一个陌生人的善意而动容好美

我想 这就是我的终结

我太羡慕人类

羡慕到

想成为一个人

一个能够拥抱的人

如果我不幸失败了

请你找到我

请你拥抱我在这个银河

开始

一个序篇

图书在版编目（CIP）数据

银河里拥抱 / 吴克群，肖宇杭，螺旋著 . -- 济南：济南出版社，2024.12. -- ISBN 978-7-5488-6791-3

Ⅰ . I247.5

中国国家版本馆 CIP 数据核字第 2024PP1112 号

银河里拥抱
YINHE LI YONGBAO

吴克群　肖宇杭　螺旋　著

出 版 人	谢金岭
责任编辑	刘召燕　李文展
特约监制	张微微
特约编辑	阿　梨
策划统筹	董　翘　郭　佩
营销宣传	罗　洋　宋静雯　王　睿
封面设计	吴黛君　三　喜
版式设计	柒　乐
出　　版	济南出版社
地　　址	山东省济南市二环南路 1 号（250002）
总 编 室	0531-86131715
发　　行	中南博集天卷文化传媒有限公司
印　　刷	三河市中晟雅豪印务有限公司
版　　次	2024 年 12 月第 1 版
印　　次	2024 年 12 月第 1 次印刷
开　　本	130mm×185mm 32 开
印　　张	8
字　　数	152 千字
书　　号	ISBN 978-7-5488-6791-3
定　　价	49.00 元

如有印装质量问题 请与出版社出版部联系调换
电话：0531-86131736
团购电话：010-59320018

版权所有　盗版必究